LA PROIE
DES VAUTOURS

Grande ✦ Nature

Collection dirigée par
Michèle Gaudreau

LA PROIE
DES VAUTOURS

SYLVIA SIKUNDAR

traduit de l'anglais par
Michèle Gaudreau

ÉDITIONS
MICHEL
QUINTIN

Données de catalogage avant publication (Canada)

Sikundar, Sylvia, 1945-

   [Circling vultures. Français]
   La proie des vautours

   (Grande nature ; 2)
   Traduction de : Circling vultures.
   Pour adolescents.

   ISBN 2-89435-026-0

   I. Titre. II. Titre : Circling vultures. Français

PS8587.I38C5714 1993   jC813'.54 C93-097919-7
PS9587.I38C5714 1993
PZ23S54Ci 1993

Illlustration de la couverture : Jacqueline Fortin

Maquette de collection et réalisation de la couverture :
   Le groupe Flexidée

Photocomposition : Tecni-Chrome

ISBN 2-89435-026-0
Dépôt légal - Bibliothèque nationale du Québec, 1993

© Copyright 1993
Éditions Michel Quintin
C.P. 340, Waterloo (Québec) Canada J0E 2N0
Tél. : (514) 539-3774

2 3 4 5 6 7 8 9 0 HLN 9 8

À mes proches

Chapitre 1

L'alerte

– **L**ouis, viens voir ! s'écria Jérôme en engouffrant une autre tranche de mangue bien juteuse, il y a certainement un animal qui agonise.

Il pointa du doigt les vautours qui tournoyaient dans le ciel clair d'Afrique de l'Est. Du pavillon central de la réserve faunique, son regard se perdait au loin dans la savane.

Louis déposa son rapport, se leva et gagna la fenêtre en boitant sur le ciment froid. Il mesurait facilement 1 m 95 ; avec sa carrure de joueur de football, il avait l'air d'un géant à côté de son cadet âgé de quinze ans.

– Ils survolent le Rocher aux damans, dit-il. C'est le territoire d'une femelle léopard qui vient d'avoir des petits. Je gage que les braconniers l'ont eue!

Louis serra les poings de colère, ses jointures dessinant des taches blanches sur ses mains basanées.

– Pas un animal ne sera tranquille tant que nous n'aurons pas mis ces types-là en prison. Veux-tu aller avertir Abdu?

– Tout de suite, répondit Jérôme, qui sortit en courant.

Arrivé sur le perron, le garçon s'arrêta un instant pour tendre le bras vers un manguier.

– Viens ici, Jacko, fit-il.

Un grivet au pelage verdâtre jeta un coup d'oeil prudent à travers le feuillage avant de venir se percher sur l'épaule de Jérôme. Le petit singe entreprit ensuite d'inspecter la tignasse brune du garçon en lui grattant le cuir chevelu avec ses petits doigts.

Abdu, l'intendant du parc, fronça les sourcils à la mention des vautours.

– Tous mes hommes patrouillent du côté

ouest ce matin. Dis donc, comment va la cheville de Louis?

— Il boite encore, répondit Jérôme.

— Inutile de l'emmener, alors. Il ne ferait que nous retarder en cas d'urgence. Demande-lui de venir s'occuper de la radio, je vais voir ce qui se passe. Veux-tu m'accompagner?

— Bien sûr! répondit aussitôt Jérôme, tout heureux d'avoir l'occasion d'aller seul dans le parc avec Abdu.

Au fond, il n'était pas mécontent que son frère se soit foulé la cheville. Louis, qui s'était mis en colère pour une vétille, avait posé le pied dans un trou... Ce n'était pas la première fois que son mauvais caractère lui jouait un tour.

— Je vais juste donner à manger à Jacko, dit Jérôme en remplissant le plat du petit singe de tranches de banane et d'orange. Tiens Jacko, mange, fit-il en voyant accourir l'animal. Tu as de quoi t'amuser un moment.

Le grivet ramassa un morceau d'orange, le remit dans le plat et opta finalement pour une tranche de banane.

Peu de temps après, Jérôme et Abdu roulaient devant le marais boueux en bordure de la rivière où les hippopotames s'entassaient pendant le jour. Parmi les animaux au repos, qui faisaient penser à de gros rochers lisses, deux mâles se disputaient bruyamment un coin de territoire. Extirpant leur corps massif de la boue, ils se lançaient l'un contre l'autre, leurs puissantes mâchoires béantes. «Voilà d'où viennent ces vilaines cicatrices roses que beaucoup ont sur le dos, pensa Jérôme. Ces dents-là ont l'air redoutables. »

Indifférentes au combat, des grandes aigrettes se promenaient tranquillement sur le dos des mastodontes endormis, s'arrêtant ici et là pour picorer quelque morceau d'insecte dans les gros replis de peau grise qui luisaient d'un éclat métallique au soleil. Non loin des hippopotames, là où la rivière coulait librement, un petit martin-pêcheur huppé au magnifique plumage turquoise guettait le poisson, immobile sur une branche au-dessus de l'eau.

Jérôme avait grandi dans le parc. À la vue des animaux, il sentit combien ceux-ci lui avaient manqué depuis son départ pour le Canada avec sa famille, deux ans plus tôt.

— Je suis si content d'être ici, dit-il. Quand nous sommes partis, je croyais bien ne jamais revenir.

— Chez nous, les gens disent qu'un homme finit toujours par retourner au lieu de sa naissance, dit Abdu. Je savais que je te reverrais un jour. Dommage que ton père ait dû partir. C'était un bon scientifique ; sans lui, le parc ne serait pas ce qu'il est aujourd'hui.

— Il n'est pas parti de gaieté de coeur, tu sais. Cela faisait vingt ans qu'il habitait ici. Mais quand son père est mort, il a décidé de retourner vivre près de grand-maman, trop frêle pour nous rejoindre ici.

— Je comprends. Nos proches sont irremplaçables. Il est important de s'occuper d'eux.

— Louis était fou de joie de revenir en Afrique comme bénévole. Et ici même, dans ce parc ! Quelle extraordinaire coïncidence ! Personne n'en revenait quand il a reçu la lettre.

— En tout cas, ça m'aide beaucoup d'avoir quelqu'un qui connaît la région. Et puis, Louis travaille fort. Il s'emporte facilement, c'est vrai, mais à force de payer pour ses étourderies, il va finir par apprendre à penser avant d'agir. Ce n'est qu'une question de temps.

Jérôme essuya la sueur sur son visage poussiéreux. Il avait très chaud mais il était heureux. Il aurait voulu que ces vacances ne finissent jamais !

– La rivière ne sera plus qu'un filet d'eau si la pluie ne vient pas, fit remarquer Abdu.

Son front noir d'ébène était barré d'un pli soucieux.

– Et toute cette région, continua-t-il avec un grand geste des bras, redeviendra un cimetière.

L'homme et son jeune compagnon se turent un moment, perdus dans leurs pensées mais habités d'un même sentiment de colère mêlée d'impuissance. En période de sécheresse, il n'y avait pas grand-chose à faire pour aider les animaux. Il aurait fallu beaucoup plus de ressources pour leur donner suffisamment à boire et à manger.

– Accroche-toi bien, dit Abdu.

La jeep se mit à cahoter d'un nid-de-poule à l'autre, rasant les arbustes rabougris et tanguant dangereusement parmi les monticules de termites éparpillés çà et là comme des grands chapeaux de terre cuite. Quel que soit l'état du terrain, Abdu prenait toujours le chemin le plus court!

Jérôme soupira de soulagement quand la jeep s'arrêta dans un crissement de pneus près des restes déchiquetés d'une carcasse qui gisait dans la poussière rougie de sang. Vite, le garçon suivit Abdu pour voir de quel animal il s'agissait.

À leur approche, les vautours, le bec taché du sang de leur proie, protestèrent à grands cris et s'éloignèrent en clopinant. Le dos voûté, ils se mirent à fixer les intrus de leurs petits yeux ronds cerclés de rouge.

Abdu s'agenouilla pour examiner ce qui restait de la carcasse. Il chassa de la main les grosses mouches bleues qui bourdonnaient autour du cadavre en décomposition. Obstinés, les insectes revinrent au bout de quelques secondes.

Une odeur horrible assaillit les narines de Jérôme. Elle lui rappelait le temps où il partait avec son père faire le compte des carcasses d'animaux morts de la sécheresse ou abattus par les braconniers, qui en avaient emporté des morceaux.

Pris de nausée, Jérôme se boucha le nez pendant qu'Abdu lui expliquait ce qui s'était probablement passé. Du sang rouge sombre s'échappait encore des restes du léopard, auquel il manquait la peau et les griffes. L'oeuvre de braconniers, donc.

Jérôme détestait les braconniers, ces êtres cyniques qui tuent uniquement pour l'argent. Moins de vingt-quatre heures plus tôt, cet amas de chair avait été une bête magnifique, une reine de la savane, solitaire et noble. Si seulement il y pouvait quelque chose! S'il pouvait aider à arrêter les braconniers, à venger le léopard et tous les autres animaux sacrifiés! Jérôme avait hâte de parler à son ami Peter. Ensemble, peut-être pourraient-ils traquer les malfaiteurs et les faire traduire en justice.

Peter et lui avaient été inséparables dans leur enfance. Jérôme sourit en songeant à leurs dangereuses escapades interdites en dehors des limites du camp. Avant sa retraite, Kyondo, le père de Peter, avait été le gardien en chef et le meilleur traqueur du parc. Ayant beaucoup appris de lui sur les animaux sauvages, les garçons ne demandaient pas mieux que de mettre leurs connaissances à l'épreuve. Depuis l'âge de neuf ans, les deux amis suivaient les animaux à la trace, reconnaissant les indices de leur passage. Ils savaient interpréter les empreintes de pas dans le sable et les excréments fumants. Même l'air ambiant leur révélait quelque chose : à l'odeur d'un animal, ils devinaient sa présence. Que c'était excitant de dépister en cachette les animaux du parc !

Ses pensées furent interrompues par la voix d'Abdu.

– Les braconniers savaient certainement que c'était le seul léopard des alentours.

– Penses-tu qu'ils ont attendu qu'elle ait eu ses petits pour pouvoir s'emparer d'eux en même temps ? demanda Jérôme.

Avec un bâton, Abdu remua les restes d'un feu.

– Peut-être bien, mais les peaux des jeunes léopards sont petites, tu sais. Elles ne valent pas grand-chose. Quant à faire sortir les petits du pays vivants, c'est très compliqué. J'imagine qu'ils attendaient tout simplement un acheteur pour la mère. Quand il s'en est présenté un, ils l'ont abattue.

Abdu regarda la carcasse avec tristesse pendant un moment, puis reporta son attention sur le feu.

– Regarde, dit-il en agitant son bâton dans les cendres encore fumantes. Ils ont dû camper ici la nuit dernière et se sauver à l'aube en profitant du brouillard.

– Quelqu'un doit pourtant savoir qui ils sont, dit Jérôme. Les gardiens n'ont rien remarqué dans les villages?

Abdu haussa les épaules.

– Il y a plein de rumeurs qui circulent, mais rien que nous puissions vérifier encore. Voilà tout le problème: nous avons des soupçons, mais pas de preuves.

Il fixa la carcasse un instant avant d'ajouter:

– Va donc inspecter un peu les rochers au cas où les petits y seraient. Prends un bâton et fais bien attention en fouillant dans les fentes et les trous sombres. Tu pourrais avoir de mauvaises surprises. Et tâche de ne pas te faire égratigner par les petits ou mordre par un serpent. J'appelle Louis pour qu'il nous envoie des gardiens au plus vite.

Ayant repéré dans la broussaille un grand bâton fourchu, Jérôme se lança à l'assaut de l'énorme pan rocheux. Le roc, qui avait absorbé beaucoup de chaleur, lui brûlait les mains quand il s'y agrippait. Jérôme espérait trouver les bébés léopards, et les trouver vivants.

Plusieurs fois, il fut surpris par le mouvement furtif d'un daman alerté par sa présence. Le rocher qu'il escaladait tenait son nom de la nombreuse colonie de damans qui l'occupait. Jérôme avait du mal à croire que ces petites bêtes, qu'on peut soulever d'une main et qui semblent issues d'un croisement entre le lapin et le cochon d'Inde, puissent être cousines de l'éléphant ! Il se souvenait vaguement que cette parenté avait à voir avec la forme des pattes des deux mammifères.

Le garçon enfonça son bâton dans une cavité qui semblait prometteuse. Il sentit une odeur de moisi, une odeur de léopard. Un lézard brun à la tête orange vif sortit précipitamment ; s'installant sur une pierre pour se chauffer au soleil, il considéra l'intrus de son regard fixe.

– Ça m'étonnerait que tu partages ton logis avec les petits léopards, lui dit Jérôme.

Déçu, le garçon reprit sa montée, le rocher devenant de plus en plus abrupt à mesure qu'il progressait. L'avancée qu'il apercevait trois mètres plus haut lui semblait être exactement le genre d'endroit inaccessible qu'un léopard choisirait pour repaire. Jérôme essuya du revers de sa main la sueur qui lui coulait sur le visage.

Dans un dernier effort, il se hissa sur la saillie puis s'avança prudemment vers une petite étendue d'herbe où poussaient quelques arbustes épineux. Tandis qu'il examinait une fissure, un léger bruissement lui fit dresser l'oreille. Sans faire de bruit, il en chercha l'origine. Bientôt il aperçut, glissant dans l'herbe, deux petites bêtes au poil fauve tacheté de noir. S'immobilisant soudain, elles le regardèrent fixement. Jérôme se rapprocha tout doucement et les attrapa prestement par la peau du cou. Effarouchés, les petits s'agitèrent en criant, leur langue rose bien visible entre deux rangées de dents blanches et pointues. Ils n'étaient pas contents du tout.

– Abdu! Abdu! Je les ai trouvés, cria Jérôme en tenant ses captures à bout de bras pour les montrer à l'intendant.

– Bravo ! répondit Abdu. Descends-les. Nous allons les mettre dans la cage que j'ai apportée.

« Plus facile à dire qu'à faire », se dit Jérôme en cherchant du regard une façon de retourner à la jeep. Avec un léopard dans chaque main, il serait impossible de descendre la falaise par où il était monté. Le dos collé à la paroi, le garçon avança lentement le long de la saillie. À la vue du vide, il fut saisi de vertige. Il s'arrêta un moment et respira à fond, essayant de chasser de son esprit l'image du gouffre. Au loin, les toits de tôle ondulée du village de Kyondo brillaient au soleil. C'est là qu'il aurait voulu être maintenant, avec Kyondo et Peter ! Il continua à avancer et se trouva finalement sur un sentier raide mais praticable. En descendant, il prit bien soin de ne pas laisser les petits tomber ou le griffer.

Abdu ouvrit aussitôt la porte de la cage. En y déposant les animaux en colère, Jérôme ne retira pas sa main assez vite. Le plus gros des deux eut le temps de lui donner un coup de griffe qui laissa de fines traces de sang clair sur le dos de sa main.

– Vite, va chercher la trousse de secours! dit Abdu. Il ne faut surtout pas que ça s'infecte.

Jérôme grimaça de douleur en appliquant sur ses égratignures le morceau de gaze imbibé d'antiseptique. C'était comme si toute une colonie de fourmis légionnaires lui mordaient la main en même temps. Il savait qu'il fallait nettoyer les coupures avec soin à cause du risque accru d'infection sous les tropiques.

– As-tu trouvé quelque chose? demanda-t-il à Abdu pour ne plus penser à sa main.

– Les braconniers semblent avoir pris la direction du village de Kyondo. Regarde les traces qu'ils ont laissées dans l'herbe.

– Un habitant du village serait mêlé à cela? fit Jérôme, incrédule. Mais Kyondo te l'aurait dit!

Kyondo avait travaillé pour le parc pendant plus de vingt ans. Il avait lui-même contribué à envoyer bien des braconniers en prison.

– Qui sait? dit Abdu tristement. Les gens changent parfois.

– Tu crois que Kyondo a quelque chose

à voir avec ça? insista Jérôme sans pouvoir y croire.

– On nous a rapporté des choses inquié-tantes, répondit Abdu. Évidemment, elles sont peut-être fausses et ...

– Quelle sorte de choses inquiétantes? interrompit Jérôme.

– L'un des gardiens raconte que des hommes de la côte sont venus plusieurs fois au village en Mercedes noire. Kyondo ne les a pas reçus chez lui, mais il leur a parlé. À nous pourtant, il n'a jamais dit quoi que ce soit.

– Ces gens-là ne sont peut-être pas des braconniers, dit Jérôme.

– D'accord, mais alors pourquoi s'a-mènent-ils toujours au village à l'aube?

– Il se passe peut-être quelque chose que Kyondo ignore, dit Jérôme.

– Le village compte à peine une vingtaine de maisons. Ce ne serait pas facile d'y garder un secret comme celui-là.

Jérôme voyait bien qu'Abdu avait raison, mais l'idée que Kyondo, le père de Peter, puisse être mêlé à une histoire de braconnage était trop affreuse pour qu'il puisse même l'envisager.

– Tu as raison, murmura-t-il à regret.

– Kyondo est un homme perspicace. Il est au courant d'à peu près tout ce qui se passe ici. Tiens, voici les gardiens, dit Abdu en apercevant le nuage de poussière rouge qui s'approchait. Quand ils auront fait les constatations d'usage, ils ramèneront les petits au camp — les pauvres, ils doivent être affamés. Toi et moi, nous allons rendre visite à Kyondo. Tu pourras voir Peter pendant que je parlerai à son père.

Jérôme sourit. Enfin il reverrait Peter. Ce qu'il en avait des choses à lui raconter !

Aussitôt les gardiens arrivés, Abdu leur donna des instructions. Peu après, Jérôme et lui reprenaient la route.

– Quel âge ont les petits, d'après toi ? demanda Jérôme.

– Deux semaines tout au plus, je dirais, répondit Abdu. Leurs yeux sont ouverts, donc ils ont au moins une semaine.

– Que va-t-il leur arriver ? continua le garçon.

– Il faut d'abord qu'ils survivent, répondit l'intendant. S'ils s'en sortent, nous allons les retourner à la vie sauvage. À condition, bien sûr, de trouver quelqu'un qui ait le temps et l'expérience voulue pour s'en occuper en attendant. Autrement, ils aboutiront sans doute dans un zoo, captifs mais en sécurité. Nous préférerions les relâcher dans la nature, mais ce ne sera peut-être pas possible.

Jérôme serra les poings. Non seulement les braconniers avaient tué la mère des petits, mais ils leur avaient sans doute enlevé toute chance de vivre en liberté. Le garçon savait que des animaux se faisaient tuer tous les jours dans le parc, mais la situation était différente cette fois-ci. Ces petits léopards, c'est lui qui les avait sauvés !

Comme il aurait voulu faire quelque chose pour arrêter le carnage ! On trouvait des rhinocéros sans cornes ni pattes, des grands félins, comme les lions et les léopards, dépouillés de leur peau et de leurs griffes, des éléphants à moitié décomposés auxquels on avait tranché les oreilles, les défenses, les pattes ou la queue. Jérôme était en colère. Il savait ce qu'il advenait des « trophées » vendus par les braconniers. Les gens en faisaient des objets décoratifs pour la maison, par exemple des tables basses en pattes d'éléphant, ou encore des sacs à main, des ceintures et des chaussures. Il avait même vu des bracelets en poils d'éléphant. Cette idée lui donna le frisson. Jamais il ne porterait de pareilles choses. Il fallait à tout prix arrêter les braconniers.

« Et quand on aura mis la main au collet des vrais malfaiteurs, songea-t-il, on aura prouvé l'innocence de Kyondo. J'espère. »

Chapitre 2

Premiers soupçons

La jeep filait vers le village de Kyondo en soulevant des nuages de poussière rouge.

Jérôme était à la fois excité et plein d'appréhension. Il avait hâte de revoir Peter mais craignait que son copain n'ait changé. Dans les lettres qu'ils s'étaient écrites, ils ne parlaient généralement que de leurs activités quotidiennes.

– La route est tellement sèche, tout le monde saura que nous approchons rien qu'à voir la poussière, dit Abdu, la mine sombre. Remarque que cela ne dérangera pas les braconniers. Ils ont sûrement caché ce qu'ils ne veulent pas que nous découvrions.

Abdu regardait fixement la route. Jérôme, voyant l'air tendu de son compagnon, en voulait un peu à l'intendant de soupçonner les gens du village de Kyondo. Cela revenait presque à dire qu'on ne pouvait plus faire confiance à Kyondo lui-même, après toutes ses années de loyaux services dans le parc. Le père de Peter avait même risqué sa vie pour défendre les animaux. À preuve les cicatrices sombres qui marquaient l'un de ses bras et ses deux cuisses là où les lances avaient tranché dans la chair.

Jérôme se souvenait de ce jour-là. Quand on avait ramené Kyondo au camp, il était presque inconscient. Il avait perdu tellement de sang qu'on craignait pour sa vie. Jérôme avait passé des heures à l'hôpital avec Peter, à attendre, à essayer de réconforter son ami malgré son propre chagrin. Kyondo, quasiment son deuxième père... Les deux garçons avaient assisté, quelques semaines plus tard, au procès des braconniers qui l'avaient attaqué. À l'annonce de la sentence d'emprisonnement, ils s'étaient réjouis.

Kyondo avait montré beaucoup de zèle et de courage dans son travail. Comment aurait-il pu avoir changé à ce point ? L'histoire des hommes en Mercedes noire ne pouvait pas être vraie. Mais si jamais l'ancien gardien en chef cachait délibérément quelque chose, alors ça n'allait plus du tout. Il finirait par se faire prendre et se retrouverait en prison, quelle que soit sa responsabilité dans l'affaire. Peter serait obligé de quitter l'école pour faire vivre sa famille. Il ne serait plus question pour lui d'entrer à l'école de gestion de la faune. Jérôme n'arrivait pas à croire Kyondo capable de tremper dans le braconnage et de mettre ainsi en péril l'avenir de son fils en même temps que sa propre réputation.

La jeep entra dans le village et s'arrêta devant une petite maison carrée au toit de chaume, peinte à la chaux. Une allée de terre sèche et durcie, bordée de pierres blanches, menait aux marches d'une grande galerie où le vieil homme était assis. Kyondo se leva pour accueillir les visiteurs.

– Abdu, mon cher ami ! Quelle surprise ! Je suis fier que tu me rendes visite, et toi aussi mon grand Jérôme. J'avais entendu dire que tu étais revenu.

Son visage s'illumina d'un grand sourire.

– Comme tu as grandi! C'est vraiment dommage que Peter ne soit pas là pour te recevoir.

Les épaules de Jérôme s'affaissèrent d'un coup. Il aurait tant voulu voir son copain.

– Asseyez-vous, je vous en prie!

Le vieil homme chassa un coq d'un vieux banc de bois. Le volatile protesta vivement avant d'aller rejoindre les poules maigrichonnes qui picoraient le sol à la recherche d'insectes et de graines.

– Ce que tu es devenu important, Abdu ! À la tête de tout le parc maintenant! Et toi, Jérôme, tu dois avoir quinze ans! Je me souviens de toi quand tu étais petit. Tu suppliais sans arrêt ton père de te laisser «aller dans le parc avec Kyondo».

Il rit.

– Je me souviens du jour où... ah! mais non, je ne vais pas vous embêter avec toutes mes vieilles histoires. Je suis très content que vous soyez venus me voir!

Kyondo se tourna vers la soeur de Peter. Assise à l'ombre d'un grand flamboyant, elle était occupée à tresser une natte avec des feuilles de palmier taillées en bandes.

– Christina, apporte du thé à nos invités.

– Nous pensions à vous, ce matin, dit Abdu. Il y a longtemps que je suis venu dans cette partie du parc et Jérôme avait envie de voir Peter.

Abdu regarda autour de lui.

– Justement, où est-il, Peter ?

– Il est allé faire un tour chez des amis. Il sera déçu d'avoir manqué Jérôme, mais bon, ce sera pour une autre fois.

– Alors, comment ça va chez vous ? demanda Abdu.

Le vieil homme hocha la tête.

– Tout est bien tranquille. Les points d'eau ont séché, tous les animaux sont partis. Il n'y a pas beaucoup de touristes non plus. La sécheresse est vraiment très dure pour tout le monde.

– Comment sont vos réserves d'eau ? demanda Abdu en désignant un carré de courges toutes ratatinées.

– Nous arrivons à nous débrouiller. Le puits du village n'est pas encore à sec, heureusement, mais l'eau n'est pas très bonne.

– Et vous avez de quoi manger ? reprit Abdu.

Le vieil homme soupira.

– Les légumes poussent mal parce que nous manquons d'eau pour le potager. En ville, au marché, ils coûtent très cher et personne ne peut se permettre d'en acheter. La situation est très pénible. Si la sécheresse continue, ce sera la famine.

– Espérons qu'il va pleuvoir bientôt, dit Abdu.

– Espérer, c'est tout ce qu'il nous reste à faire, répondit Kyondo. Espérer.

– Êtes-vous en train de bâtir une nouvelle maison ? demanda Jérôme en apercevant une construction de blocs de ciment à moitié achevée au fond de l'enclos.

– Oui, oui, répondit Kyondo. J'ai décidé que le temps était venu d'agrandir. Et puis, ça m'occupe, ajouta-t-il avec fierté. Évidemment, je ne peux pas me permettre de tout construire à la fois. Quand j'ai de l'argent, j'achète des matériaux. De la poudre de ciment, par exemple.

Il sourit à Jérôme.

– Ton ami Peter est fort. Il m'aide pendant ses vacances.

– Quand avez-vous commencé ? demanda Jérôme.

Kyondo réfléchit un moment et répondit :

– Il y a environ un an, je crois.

– Quel genre de toiture allez-vous poser ? s'enquit Abdu.

– De la tôle ondulée.

– C'est cher.

– Effectivement, mais c'est plus durable que le chaume. Quand les légumes se remettront à pousser, nous en vendrons et nous gagnerons un peu d'argent. Il suffit d'être patient.

Les hommes parlaient maintenant de personnes que Jérôme ne connaissait pas. Le garçon commençait à trouver le temps long. Il songea à aller trouver Christina, mais se ravisa. Elle était tellement timide qu'elle se sauverait sans doute à son approche. Si Peter avait été là... Mais où donc était-il ?

Jérôme tendit l'oreille quand il entendit Abdu demander :

– Voyez-vous des braconniers dans les parages, ces temps-ci ? Vous ne nous donnez plus de nouvelles.

Jérôme observa attentivement Kyondo

pour surprendre sa réaction, mais le vieil homme répondit sans broncher :

– Comme je te l'ai dit, tout est tranquille. Il n'y a rien à signaler. Le braconnage est une saloperie. Une vraie saloperie.

– Nous croyions que vous pourriez nous aider, continua Abdu.

– Je ne demanderais pas mieux, mais je suis vieux maintenant. Je ne vois plus et je n'entends plus aussi bien qu'avant. Il se passe peut-être des choses que j'ignore. Cela m'étonnerait, mais on ne sait jamais. Pour autant que je sache, les choses sont calmes, mais si la situation vient à changer, je t'avertirai. Ne te fais pas de souci pour ce côté-ci du parc.

– Le léopard du Rocher aux damans a été abattu la nuit dernière ou tôt ce matin, dit Abdu.

– Dommage ! dit Kyondo en caressant sa longue barbe blanche. C'était un très bel animal. Et gros en plus.

Il hésita.

– En tout cas, c'est ce que les gens disent. Est-ce la vérité ou une simple rumeur ? Ceux qui l'ont vu de leurs yeux doivent être rares.

Christina arriva avec le thé. Elle sourit

timidement à Jérôme en lui tendant sa tasse. Jérôme déposa son thé par terre pour le laisser refroidir un peu.

Il ne fut plus question des braconniers. Jérôme en conclut que Kyondo n'était plus soupçonné. Quel soulagement ! Kyondo s'était toujours montré au-dessus de tout reproche. Un revirement pareil était impossible.

Une demi-heure plus tard, Abdu et Jérôme prirent congé de leur hôte et regagnèrent la jeep en sa compagnie.

– Au revoir. Reviens nous voir bientôt, dit Kyondo à Abdu en lui serrant la main. Et n'oublie pas d'amener le petit. Peter aura très hâte de le voir.

Jérôme se sentit rougir de honte en entendant Kyondo l'appeler « le petit », même s'il savait que le vieil homme l'avait fait sans malice. Les gardiens l'avaient souvent appelé comme ça, eux aussi, à cause du contraste entre sa taille et celle de Louis. Quand Jérôme était plus jeune, sa mère lui disait de ne pas s'inquiéter, que son frère avait dix ans de plus et que les cadets finissent toujours par rattraper leurs aînés. La prédiction ne s'était toujours pas réalisée.

– Eh bien, nous ne sommes pas plus avancés qu'avant, déclara Abdu d'un air morose sur le chemin du retour. Je n'ai rien appris de nouveau et tu n'as pas vu Peter.

– Je me demande où il est, dit Jérôme.

– C'est étrange. D'habitude, il est à la maison ou bien en classe. Or il n'est pas en classe puisque les vacances sont commencées. Mais ne t'en fais pas, tu auras d'autres occasions de le voir. Je crois que nous allons bientôt retourner chez lui.

– Penses-tu que Kyondo cache quelque chose ?

– C'est difficile à dire. J'ai eu l'impression qu'il dérapait un peu en parlant du léopard, mais il a peut-être entendu des rumeurs, après tout. Et puis, il y a sa nouvelle maison. Il ne peut pas se la payer avec sa seule pension. D'un autre côté, comme il dit, il gagne peut-être assez en vendant des légumes — quand il y a de la pluie pour les faire pousser.

– Vous le soupçonnez encore, alors ?

– Nous soupçonnerons tout le monde jusqu'à ce que les coupables aient été identifiés. Si jamais ils le sont. Nous n'avons pas assez de personnel pour faire surveiller un secteur du parc pendant plus d'une journée ou deux à la fois. Cela, les braconniers le savent, et les acheteurs sur la côte aussi. Qu'est-ce que nous pouvons faire ? Quand ils revendent les peaux, les défenses, les griffes, les dents et tout le reste, les acheteurs font plus d'argent que nous n'en avons pour toutes nos dépenses. Comme ils ont beaucoup à gagner, les braconniers prennent des risques.

Jérôme soupira. Kyondo n'était pas encore tiré d'affaire.

Ce serait terrible pour Peter d'apprendre que son père était soupçonné. Jérôme décida de ne pas lui en parler. Comment prouver que Kyondo n'était pas mêlé à toute cette histoire ? Y avait-il moyen de l'aider ?

Chapitre 3

Les trois lignes droites

Le lendemain, Jérôme et Abdu patrouillaient ensemble.

– Regarde les éléphants! s'écria soudain Jérôme. Ils avancent au pas de course, quelque chose a dû les déranger.

Une quinzaine d'animaux, colorés en rouille par la poussière, s'éloignaient précipitamment de la berge. D'un coup de volant qui précipita Jérôme contre la portière, l'intendant piqua droit vers le troupeau.

– Peut-être une lionne, dit Abdu. On n'en a pas vu depuis un bout de temps dans ces parages, mais la sécheresse a pu la forcer à s'aventurer hors de son territoire de chasse habituel.

La jeep s'arrêta au bord de la rivière, près d'une flaque boueuse fraîchement piétinée.

– C'est du sang ? demanda Jérôme en désignant une trace rouge qui serpentait en direction du troupeau d'éléphants.

Il s'accroupit avec Abdu pour examiner le sol.

– En effet, c'est du sang, dit l'intendant en passant son doigt dans la boue rougie. Il ne reste plus qu'à trouver la personne ou l'animal qui l'a perdu !

Abdu reprit le volant pour se rapprocher du groupe, qui força la marche en apercevant la jeep. Un jeune mâle fougueux fit mine de charger. L'instant d'après, une grosse femelle baissait la tête et, trompe brandie, fonçait vers le véhicule.

Jérôme se tassa sur la porte en prévision du coup.

– Elle n'entend pas à rire, celle-là, dit Abdu en reculant brusquement pour libérer la voie et se ménager au besoin une retraite rapide.

L'éléphante s'arrêta quelques instants, battant des oreilles et balançant sa trompe. Puis, avec un barrissement de colère, elle fit demi-tour et s'en fut rejoindre la harde.

– Nous l'avons échappé belle, fit Jérôme en poussant un soupir de soulagement.

Dans ces occasions-là, il appréciait vraiment le style de conduite d'Abdu. Personne, à sa connaissance, ne savait déguerpir aussi vite que ce gars-là quand il le fallait.

Les deux patrouilleurs s'installèrent à quelque distance pour observer les animaux sans les effrayer.

– Tiens, voilà le problème, dit Jérôme en avisant un jeune mâle qui titubait derrière le groupe. Il a l'air blessé.

– Tu as raison, dit Abdu. Il va falloir l'isoler du troupeau et lui donner un tranquillisant pour pouvoir le soigner. Auparavant, je vais emballer le moteur pour éloigner les autres, sinon ils resteront auprès de lui — tu les connais.

La mort dans l'âme, Jérôme regardait le brave éléphant peiner pour suivre le troupeau. L'animal souffrait beaucoup, c'était évident. Deux femelles plus âgées que lui le flanquaient à droite et à gauche, l'encourageant à avancer avec de délicates pressions de leur trompe.

Pour Jérôme, ces marques d'attention n'étaient pas nouvelles. Il avait déjà vu des éléphants entourer un malade ou un blessé pour essayer de l'aider. Il savait qu'un éléphanteau privé de mère est pris en charge par les femelles de sa famille, qu'elles ne l'abandonnent pas à son sort comme il arrive aux orphelins de tant d'autres espèces. L'éléphant était l'animal préféré de Jérôme justement à cause de ses manières affectueuses et de sa considération pour ses proches.

Au bout d'une heure, le troupeau s'éloigna tranquillement pour paître. Entre-temps, Abdu avait réussi à approcher la jeep du blessé.

– Reste ici, Jérôme, tu vas faire le guet, dit-il. Au moindre mouvement suspect, tu tousses. Si tu aperçois un humain, tu regardes dans la direction opposée, mais si c'est un animal, tu le pointes du doigt. C'est clair ? Surveille en particulier l'arrière de la harde ; un des éléphants pourrait décider de faire demi-tour. Ma vie est entre tes mains, ajouta-t-il en touchant l'épaule du garçon.

Se munissant du fusil à somnifère, Abdu descendit du véhicule tandis que Jérôme s'agrippait nerveusement à la barre de sécurité. De l'arrière de la jeep, il aurait une bonne vue des environs. Ses années d'expérience dans le parc et les enseignements de Kyondo avaient fait de lui une excellente sentinelle, mais il manquait de pratique. S'il avait tout oublié? Une seule erreur et Abdu risquait de se faire blesser, tuer même.

Pourtant l'intendant lui faisait confiance. Jérôme était fier d'être considéré en égal dans les circonstances. Il savait qu'aucun mouvement, si infime fût-il, ne devait lui échapper. En effet, il n'y avait pas que les éléphants à surveiller. D'autres gros animaux pouvaient très bien, avec leur étonnante faculté de dissimulation, se tapir dans les buissons. Un buffle ou un hippopotame, par exemple. L'hippopotame était en principe moins dangereux; à moins d'être défié, il n'attaquerait sans doute pas sur terre. Mais le buffle... Le buffle était redouté parce que toujours imprévisible. On lui imputait d'ailleurs la plupart des assauts spontanés sur les humains.

Jérôme scrutait la broussaille pendant qu'Abdu avançait prudemment vers l'éléphant affaibli. Se sentant suivi, l'animal se retourna et, soulevant sa trompe, s'apprêta à charger. Abdu regagna précipitamment la jeep où Jérôme s'était déjà mis à l'abri. Pendant des secondes interminables, homme et bête se toisèrent ; puis, l'éléphant se détourna et se remit péniblement en marche vers le troupeau.

L'intendant vérifia de nouveau son arme, descendit de la jeep. Lentement, il s'approcha du jeune mâle en détresse, épaula, visa. Le coup partit. Au moment où la fléchette pénétra l'arrière-train de l'éléphant, celui-ci lança un barrissement perçant. Il tenta de s'enfuir mais ses jambes, déjà, ne le portaient plus. Au bout de quelques minutes, il s'effondra.

Abdu cria à Jérôme de lui apporter le bidon d'eau distillée et la trousse médicale. Le garçon réagit promptement. Il fallait faire vite, sinon les poumons de l'éléphant risquaient de s'affaisser sous l'énorme poids. L'intendant s'agenouilla pour examiner la blessure à la poitrine d'où s'écoulait encore un filet de sang.

– Verse de l'eau là-dessus, lentement, dit-il en écartant de ses mains les parois de chair. Nous allons nettoyer tout ça.

Impressionné par la taille de l'animal endormi à ses pieds, Jérôme continua de mouiller la plaie qu'Abdu essuyait à mesure avec de la gaze. Il passa sa main sur les bourrelets de peau sèche et ridée : on aurait dit du cuir. L'éléphant lui paraissait bien plus vieux que les trois ans que lui donnait Abdu.

– Ça n'a rien d'une blessure de combat en tout cas, dit l'intendant. La pointe de la flèche est restée au fond, regarde.

Il fouilla dans sa trousse.

– Ouvre bien la plaie avec tes pouces, j'ai besoin d'une bonne prise avec les pinces. Inutile de farfouiller pour rien.

Jérôme obéit. Abdu retira un morceau de métal de la poitrine de l'éléphant.

– Je l'ai ! s'écria-t-il en déposant la pointe dans un pot de verre. Nous l'examinerons plus tard ; avec un peu de chance, cette pointe pourra nous servir de pièce à conviction. Heureusement qu'elle n'a pas pénétré la chair trop profondément. Notre ami a bien de la chance de s'en être tiré vivant!

– Quand a-t-il été blessé, crois-tu? demanda Jérôme en ramassant le bidon.

– Il n'y a pas très longtemps si j'en juge au sang qu'il a perdu. Verse de l'eau sur la plaie et sur mes mains, veux-tu, puis je m'occuperai de l'entaille. Nettoie aussi la patte, sinon le sang séché va attirer les mouches. Il y a une petite éponge et du savon antiseptique dans la trousse.

Frottant vigoureusement, Jérôme débarrassa la peau rugueuse des taches de sang.

– Excellent, dit Abdu quand Jérôme eut terminé. Maintenant, il vaut mieux que tu retournes faire le guet. Ça ne m'étonnerait pas du tout que les braconniers soient encore dans les parages. C'est eux, sans doute, qui ont troublé les éléphants.

Jérôme donna à l'éléphant une petite tape d'adieu sur la trompe.

– Remets-toi vite, mon vieux, murmura-t-il.

Il remonta dans la jeep. Abdu versa de la poudre antibiotique dans la plaie avant de la recoudre; puis, il traça avec de la peinture le chiffre 706 sur le dos de l'animal pour pouvoir, plus tard, le reconnaître facilement. La marque permettrait de le repérer pendant les survols aériens et de suivre ses progrès.

Une demi-heure après avoir tranquillisé l'éléphant, Abdu débrida à l'alcool une petite région derrière sa grande oreille en éventail et lui administra un antidote pour l'éveiller.

– Il faut attendre un peu, dit-il à Jérôme en revenant vers la jeep. Nous ne pouvons pas le quitter avant qu'il se lève et rejoigne le troupeau.

Peu après, le numéro 706 commença à s'ébrouer. Chancelant, il se remit péniblement sur ses pieds. «Il va s'écraser, c'est sûr», pensa Jérôme. Le garçon se trompait. D'un pas hésitant, l'éléphanteau alla retrouver la harde tout en décrivant un joyeux moulinet avec sa trompe.

– Nous l'avons sauvé, dit Jérôme.

– Pour le moment, précisa Abdu. J'ai déjà vu des pointes de ce genre-là, ajouta-t-il en examinant de plus près le grossier triangle de fer. Elle appartient à quelqu'un de la région. Regarde, tu vois les trois lignes?

Jérôme eut un coup au coeur. Peter et lui avaient appris de Kyondo à fabriquer des flèches et à les marquer d'un code sur le fût et sur la pointe. À cette époque-là, Peter avait gravé sur les siennes un trait long et deux courts évoquant la lettre « P ». Jérôme avait opté pour un trait long et un court. Kyondo, lui, avait marqué ses flèches de trois lignes droites.

Chapitre 4

La Mercedes noire

– À table ! cria Jérôme de la petite cuisine attenante au bureau d'Abdu.

Il venait de verser dans deux biberons un mélange de lait, de vitamines et de poudre d'os. Les tétines vissées, il frappa les deux bouteilles l'une contre l'autre pour appeler les jeunes léopards, qui commençaient à associer ce bruit à l'heure des repas. Les petites bêtes levèrent la tête, abandonnant leur jouet du moment — un gros scarabée noir — et trottinèrent vers la cuisine où Jérôme, agenouillé, leur présenta à tous deux un biberon. Suçant goulûment, ils ronronnèrent bientôt de

satisfaction. Depuis une semaine qu'ils
étaient captifs, les deux orphelins s'étaient
habitués à leur nouveau milieu. Ils
faisaient de plus en plus confiance à
Jérôme et aux autres membres de la
maisonnée.

Installé dans un coin du bureau avec la
radio à deux voies, Louis s'entretenait,
tantôt avec les patrouilleurs du parc,
tantôt avec Abdu, qui effectuait un survol
aérien.

Jérôme tendit l'oreille pour saisir le
message de l'intendant dont il entendait la
voix grésiller sur les ondes. Apparemment,
une grosse voiture roulait en direction est
sur la route qui bordait le parc au sud.

— Va voir ce qui se passe, disait Abdu.
Après la grande route, tourne vers l'ouest.
Intercepte la voiture et fouille-la au besoin,
mais seulement si elle se trouve dans les
limites du parc. Je survolerai ta position
dans une demi-heure. Terminé.

Le coeur de Jérôme cessa un instant de
battre. Une voiture noire. En direction est.
Donc en chemin vers le village de Kyondo.
La rumeur au sujet d'une Mercedes noire...

— Puis-je t'accompagner? demanda-t-il à
son frère qui s'était déjà levé pour partir.

– Non, vaut mieux pas, répondit Louis.

– Pourquoi pas ? dit Jérôme d'une voix irritée.

– Ça pourrait être dangereux. Reste ici avec les léopards.

– Abdu m'emmène bien, lui ! Il ne trouve pas ça trop dangereux. Même qu'il apprécie mon aide ! Et vous faites le même travail tous les deux.

– Bon, bon. Viens alors. Finis de nourrir les petits et attends-moi dans la jeep.

– D'accord. J'en ai pour deux minutes.

– Je ne te promets rien, mais nous irons peut-être faire un tour chez Kyondo.

– J'ai apporté un T-shirt du Canada pour Peter. Je le prends au cas où.

Quelques minutes plus tard, les deux frères filaient sur la route.

– Comme j'aimerais aider à démanteler le nouveau réseau ! s'exclama Louis en virant vers l'ouest. Quand je pense que les bandits trafiquent à notre barbe en toute impunité !

– Abdu a parfois l'impression de se faire narguer par les braconniers. Ils savent que les parcs manquent d'agents, dit Jérôme.

– Voilà précisément le problème : nous n'avons pas assez d'argent pour engager d'autres gardiens. Ouvre l'oeil sur ton côté. Moi, je m'occupe de la droite.

Jérôme concentra son attention sur le bord de route poussiéreux et, au-delà, sur la grande savane. Rien à signaler que de très ordinaire, de très ordinaire en tout cas dans cette région du monde : un buffle à l'ombre d'un buisson, quelques impalas fourrageant dans l'herbe.

– Rien de mon côté. Même les animaux se font rares, fit-il au bout d'un moment.

– Parfois je me demande si la bataille n'est pas perdue d'avance, soupira Louis. Ou bien c'est la sécheresse qui décime les bêtes, ou bien ce sont les braconniers. Certains jours, la déprime me prend. Pourtant, quand nous réussissons un bon coup comme celui des petits léopards, je me dis que ça vaut la peine de continuer.

– Un bon coup, les petits léopards ? s'étonna Jérôme. Ils ont perdu leur mère ! Abdu dit qu'ils finiront dans un zoo si nous ne réussissons pas à les rendre à la vie sauvage !

– Je sais, je sais, rétorqua son frère. Mais, au moins, nous les avons sauvés. Ils ne sont morts ni de faim ni par la main des braconniers. Ils sont en vie, se portent bien

et je pense qu'ils vont s'en tirer. L'espèce a
de meilleures chances de survivre grâce à
eux.

Jérôme sourit de fierté en songeant à son
rôle dans le sauvetage des petits léopards.

Soudain, il aperçut au loin un petit
nuage de poussière troué par le scintille-
ment intermittent d'un pare-brise.

– Voilà une voiture, dit-il.

– Probablement celle qu'Abdu nous a
signalée, dit Louis. Elle vient de la bonne
direction. Note le numéro de la plaque.

– Il n'y a pas de plaque à l'avant, s'écria
Jérôme en tournant vite la tête sur le
passage de la voiture. Ni à l'arrière !

– Tu en es sûr ?

– Vas voir toi-même, répondit Jérôme
qui sentait l'excitation monter dans ses
veines. Fais demi-tour et suis-les !

– Bonne idée !

Deux minutes après, ils rejoignaient la
Mercedes noire.

– Tu as raison, dit Louis, pas de plaque.
Nous sommes peut-être sur une bonne
piste. Les pièces du casse-tête commencent
à se mettre en place.

– Il faudrait envoyer un message radio à
Abdu, tu ne crois pas ? demanda Jérôme.

– Je n'ai pas de permission à lui demander, coupa Louis. Je sais très bien quoi
faire : leur barrer la route et les arrêter.

– Es-tu autorisé à faire ça ? s'inquiéta
Jérôme.

La route principale qui longeait le parc
était considérée, tous deux le savaient,
comme un territoire neutre. Elle relevait de
la police locale pour les questions juridi-
ques comme les plaques d'immatricu-
lation, par exemple. D'un autre côté,
l'aventure était très tentante.

– Autorisé ou pas, j'y vais, dit Louis.

Jérôme ne dit mot. Il ne fallait surtout
pas contrarier son frère quand il était agité.

N'empêche qu'il eût mieux valu avertir
Abdu.

La jeep ne mit pas longtemps à doubler
la Mercedes, conduite par un chauffeur en
uniforme. Jérôme observa les passagers :
en avant, un homme vêtu d'une chemise
safari aux couleurs vives ; derrière, deux
types en complet.

Quelques centaines de mètres plus loin,
Louis s'arrêta sur l'accotement d'herbe
sèche.

– Je sors pour les arrêter. Toi, reste ici

mais prépare-toi à demander des renforts par radio. Nous pourrions en avoir besoin.

Louis se posta au bord de la route. Quand la Mercedes ne fut plus qu'à une trentaine de mètres, il agita la main pour signifier au conducteur de s'arrêter. Ce dernier fit mine de ralentir mais, au dernier moment, appuya brusquement sur l'accélérateur.

– Attention! cria Jérôme en voyant le véhicule se diriger droit sur Louis.

Il se boucha les yeux, sûr que son frère se faisait happer par la voiture. L'estomac complètement retourné et le coeur battant à se rompre, il attendit le choc. L'instant d'après, la voiture s'éloignait dans un crissement de pneus. En ouvrant les yeux, Jérôme vit Louis qui titubait vers la jeep. En un bond, il fut à ses côtés.

– Ça va? Est-ce qu'ils t'ont heurté?

– Presque. J'ai glissé dans le fossé en reculant. Heureusement!

– Veux-tu que j'appelle Abdu? demanda Jérôme en ouvrant la porte de la jeep pour son aîné.

– Non, laisse. Je vais l'appeler moi-même.

S'écroulant sur la banquette, Louis se prit le visage dans les mains.

– J'ai bien failli y rester, murmura-t-il.

Ses mains tremblaient sur le bouton de la radio.

Peu après, Abdu survolait le bord de la route.

– Je ne les vois pas d'ici, dit l'intendant. Ou bien ils ont eu le temps de retourner sur la grande route, ou bien ils sont cachés dans un fourré. Retourne à l'embranchement, Louis, et si tu ne vois rien, rends-toi chez Kyondo. Il doit les avoir aperçus.

Les deux frères firent route en silence jusqu'à la jonction. Il n'y avait personne en vue.

– Eh bien, c'est raté, dit Louis. Allons chez Kyondo alors. Au moins tu pourras voir Peter.

– S'il est là, dit Jérôme. Et puis, je ne suis même pas sûr d'avoir envie de le voir.

– Mais voyons, Jérôme! Tu me demandes sans cesse des nouvelles de lui!

– Je sais, dit Jérôme, mais si jamais il est mêlé à toute cette histoire...

– Tu t'inquiètes pour rien, frérot, fit Louis en souriant. Peter est plus intelligent que ça. Tu crois qu'il gaspillerait ses chances d'entrer à l'école de gestion de la faune en faisant une bêtise pareille?

D'ailleurs, il adore les animaux depuis qu'il est tout petit. Comme toi. Tu tuerais un animal, toi ?

— Jamais ! s'écria Jérôme.

— Eh bien, Peter non plus. Tu te souviens quand Kyondo était gardien ? Sa femme et lui hébergeaient souvent des animaux orphelins. Combien de fois Peter n'a-t-il pas partagé son lit avec un animal pour le protéger du froid !

— Tu as raison, fit Jérôme.

Puis il se tut.

— La maison me paraît bien calme, dit Louis en arrivant chez Kyondo. Ils sont peut-être tous derrière. Tu veux aller voir ?

Jérôme fit le tour de la maison et frappa à la vieille porte de bois. Pas de réponse. Au jardin, une tante de Peter sarclait la terre avec une binette.

— Il est couché, répondit-elle à Jérôme qui lui demandait où se trouvait Kyondo. Frappe encore.

Peu après, Jérôme entendit le verrou glisser. Passé le premier moment de surprise, il serra la main de son ami.

— Peter !

– Jérôme, quelle surprise! Entre!

– Louis est avec moi.

– Dis-lui d'entrer aussi, je vais réveiller mon père.

Bientôt, tous les quatre étaient installés sur la galerie, les deux adultes sur de vieilles chaises de bois branlantes, Jérôme et Peter sur les marches d'escalier.

– On m'avait bien dit que tu étais de retour, mais je n'arrive toujours pas à y croire, dit Peter. À ton départ pour le Canada, j'étais sûr de ne plus jamais te revoir.

– Moi aussi! Mais quand Louis a obtenu son poste ici, j'ai tout de suite décidé de te rendre visite. Alors, qu'est-ce que tu deviens? As-tu décroché ton diplôme?

– Oui. Enfin, j'espère. J'attends mes résultats d'examens. S'ils sont satisfaisants, on me donnera une bourse pour entrer à l'école de gestion de la faune, conclut Peter d'un air triomphant.

– Chanceux! J'aurais bien voulu y aller avec toi, comme nous nous l'étions promis. Maintenant que j'habite au Canada, c'est foutu.

– Tu vas beaucoup me manquer, tu sais, comme tu n'as pas cessé de me manquer depuis deux ans. Le pensionnat sans toi, ce n'est pas la même chose. Tiens, tu devrais choisir une carrière scientifique comme ton père, ou devenir vétérinaire. Le jour où je serai intendant du parc, je t'obtiendrai un emploi!

— Ce serait chouette, dit Jérôme, heureux de constater que l'amitié de Peter était demeurée intacte.

Sentant venir l'heure du départ, il demanda:

— Est-ce que je pourrais passer quelques jours chez vous, tu crois?

— Bien sûr! répondit Peter. Quand?

— Maintenant si tu veux. Je pourrais rester à coucher ce soir.

Peter se rembrunit.

— Tu es sûr que ça te tente?

— Quoi? Tu ne veux pas? demanda Jérôme.

Sa voix trahissait sa déception.

— Oui. Enfin, ce n'est pas ça... C'est juste que...

— C'est juste que quoi?

— Eh bien, c'est que... C'est que les choses ne sont pas pareilles ici.

— Comment, pas pareilles?

– Tu sais bien…répondit Peter en cherchant ses mots. Tu as perdu l'habitude. Même moi, il me faut un jour ou deux pour m'y faire au retour du pensionnat.

– Je ne comprends pas de quoi tu parles, s'impatienta Jérôme.

– Eh bien… Tu devras dormir par terre.

– Je le sais.

– Tout le village se sert de la même bécosse comme toilettes. Il n'y a pas de chasses d'eau comme chez vous.

– Ça aussi, je le sais.

– Nous faisons la cuisine sur un four à bois.

Jérôme soupira. Peter avait peut-être changé, après tout.

– Si tu ne veux pas de moi, ce serait plus simple de le dire.

– Mais évidemment que je veux de toi! Seulement, tu habites au Canada depuis deux ans et tu as peut-être oublié ces choses-là. Pour te laver, il faudra que tu ailles chercher de l'eau au puits. Et l'eau du puits n'est pas aussi propre que celle du robinet.

– Peter, nous sommes des amis. Les toilettes, le puits, rien de tout ça ne me dérange. Je suis né ici moi aussi, non? Et

puis, j'ai déjà fait des séjours chez vous.
Tout ce que tu me dis là, je le sais déjà,
voyons!

– Tu n'as pas changé, dit Peter doucement.
Je suis content. Demande à Louis, alors.

– Vas-y, toi, dit Jérôme. Si c'est moi qui
le lui demande, il refusera. Louis est une
vraie mère poule. Il me traite encore
comme un bébé!

Peter attendit un moment propice pour
poser sa question.

– Louis, est-ce que Jérôme pourrait
rester à coucher ce soir? Nous avons tellement de choses à nous raconter!

– Mmm... je crois que cela vaudrait
mieux une autre fois, dit Louis.

– Pourquoi pas aujourd'hui? Il n'y a pas
de raison, interjecta Jérôme.

– Mais je croyais que tu allais patrouiller
avec Abdu demain, dit Louis.

– J'y allais seulement parce que je
n'avais rien de mieux à faire, répliqua
Jérôme.

– Eh bien, si tu lui as promis de l'accompagner, tu devrais tenir parole. Il compte
sur toi.

– Ça lui sera égal, j'en suis sûr, insista
Jérôme. De toute façon, le gardien qui était

malade revient au travail demain. Abdu
n'aura pas besoin de moi.

– Bon, ton idée est faite à ce que je vois.
Tu me demandes la permission uniquement pour la forme. Mais vois au moins
avec Kyondo si cela lui convient.

– Bien sûr que Jérôme peut rester, dit
Kyondo. Il est chez lui dans notre maison.

– Je ne voulais pas que tu restes et tu le
savais très bien, gronda Louis en montant
dans la jeep. Tu m'as mis dans l'embarras
devant tout le monde, comment voulais-tu
que je refuse?

– Tout se passera très bien, répondit
Jérôme. Ne t'inquiète pas pour moi. Tiens,
passe-moi donc le cadeau de Peter; il est
sur la banquette arrière.

– Écoute! dit Louis en saisissant le bras
de son frère. Il se passe quelque chose de
louche par ici. Fais attention! Kyondo
prétend qu'il dormait avant notre arrivée
et qu'il n'a pas vu la Mercedes. Me prend-
il pour un idiot? Je reviens te chercher
demain matin à la première heure, alors
arrange-toi pour qu'il ne t'arrive rien.

– D'accord, d'accord, dit Jérôme, je serai prudent. J'ai dormi ici bien des fois sans que le ciel me tombe sur la tête. Et puis, je suis assez grand pour prendre soin de moi, non ?

– Sois prudent, c'est tout ce que je te dis, répéta Louis. Sois très prudent.

Chapitre 5

Bruits dans la nuit

Ce soir-là, Jérôme déroula sur le sol de terre durcie une natte d'herbe tressée.

– Prends ça, dit Peter en lui lançant deux oreillers. Tu en auras besoin. Ils sont bourrés du coton qu'on cultive par ici. Christina a mis un temps fou à en retirer les graines et les feuilles. Il reste probablement des bestioles dedans — tu connais ma sœur !— mais elles ont eu le temps de sécher. Si tu veux des couvertures, il y en a dans la boîte.

– Quelle journée ! soupira Jérôme. Je suis fourbu !

Il étendit deux couvertures grises sur la natte et se glissa dessous. Couché sur le dos, il se prit à observer un petit gecko qui avançait tranquillement sur l'une des poutres brunes du plafond. Un papillon de nuit s'était insouciamment aventuré trop près, et ses ailes dépassaient maintenant de la bouche du lézard comme une moustache. Le garçon se retourna d'un côté, puis de l'autre, en quête d'une position confortable. Il avait oublié combien le sol était dur pour dormir.

– Quel travail nous avons abattu aujourd'hui! dit Jérôme en s'étirant. Je sens que je vais être courbaturé demain.

– Tu t'habitueras, dit Peter. Quand les blocs seront secs, nous construirons le mur.

– Il y aura combien de pièces dans la maison?

– Je ne sais pas au juste. Un salon, des chambres, une cuisine en arrière; nous agrandirons au fur et à mesure qu'il le faudra.

– Vous avez bien de la chance, dit Jérôme. Au Canada, ce serait impossible de procéder de cette façon-là.

– Ah bon? Pourquoi? s'étonna Peter. Louis m'a montré un de vos magazines de construction. Vous avez un tas d'outils, vous avez même des portes et des fenêtres toutes faites! Ici, il faut tout fabriquer soi-même.

– Nous avons un tas de règlements aussi. Chez nous, il faut faire approuver les plans avant le début des travaux et faire inspecter la maison à la fin. Ici, pas de permission à demander à personne. Vous construisez à votre guise.

– Pourquoi faudrait-il demander la permission de bâtir sur son propre terrain?

– Parce que c'est comme ça.

– En somme, nous sommes favorisés, conclut Peter. Bon, puisque tu es prêt, j'éteins la lampe.

Une demi-obscurité envahit la pièce. Un rayon de lune filtrait sous la porte, dessinant des formes bizarres sur les murs. Jérôme se demanda où s'en était allé le lézard, espérant qu'il ne se trouvait pas juste au-dessus de sa tête. Il se recroquevilla sous la couverture au cas où, et s'endormit d'un sommeil léger sur le sol dur, la tête sur l'oreiller bosselé.

Plusieurs heures s'écoulèrent. Soudain, Jérôme se dressa sur sa natte, éveillé par un bruit étrange. Il tendit l'oreille. Les petits craquements lui semblaient familiers, mais il n'arrivait pas à les identifier. Suivirent des chuchotements, des bruits de pas prudents et un clic semblable à celui d'une portière qui se ferme. Puis, Jérôme crut reconnaître le crépitement : une voiture roulait sur le gravier de l'allée... Aucun bruit de moteur pourtant. «Ils poussent le véhicule pour éviter de réveiller toute la maisonnée», se dit-il.

Jérôme jeta un coup d'oeil à Peter. Voyant que son copain dormait, il repoussa doucement les couvertures. L'occasion d'élucider le mystère était trop belle. Lentement, il gagna la porte.

– Jérôme, où vas-tu ?

– Oh, nulle part, répondit Jérôme, déconcerté.

Peter l'avait interpellé d'une voix assez forte pour alerter les éventuels visiteurs nocturnes.

– Chut! Tais-toi, tu vas déranger tout le monde.

– Tout le monde ? Il y a quelqu'un dehors ?

– Non, mais les autres dorment. Il ne faut pas les réveiller.

– Mais où t'en allais-tu comme ça ?

– Je m'en allais pisser.

– Attends, j'y vais avec toi.

S'étant levé, Peter alluma la lampe qui diffusa une puissante lumière dans la pièce.

– Il vaut mieux s'éclairer. Sinon, nous courons le risque de mettre le pied sur quelque chose de dangereux.

Les deux garçons empruntèrent le sentier bien battu qui menait aux toilettes derrière le village. La pleine lune jetait une vive clarté sur les toits de tôle des habitations. Il sembla à Jérôme que la lampe ne servait à rien et il se demanda: «Peter l'a-t-il emportée exprès, pour qu'on nous voie bien tous les deux?»

Quand Jérôme sortit de la bécosse en briques de terre cuite, Peter prit la lampe à son tour.

– Attends-moi ici, dit-il. Ne t'éloigne pas, tu pourrais te faire mordre par un scorpion.

Jérôme promena son regard sur la route. Pas le moindre signe de voiture. Pas de lumière dans les maisons non plus. Il n'arrivait pas à croire que les gens du village dormaient après tout ce tapage. Pourtant, on n'entendait rien d'autre que les stridulations des grillons et le rugissement

lointain d'un lion. On n'apercevait rien
d'autre que le vol désordonné des lucioles
dont les petits phares verts clignotaient
dans la nuit calme. Jérôme se demanda si
son imagination ne lui jouait pas des tours.
Rien ne trahissait le passage d'une voiture
dans les parages, ce soir-là. De plus, si
voiture il y avait eu, comment aurait-elle pu
disparaître entre le moment où il s'était
réveillé et celui où il était sorti ?

Les deux amis regagnèrent la maison en
silence. Jérôme avait décidé d'attendre
l'aube pour examiner de plus près les
abords de la maison de Kyondo.

Le garçon s'éveilla en sursaut.
Quelqu'un lui secouait l'épaule.

– Réveille-toi, mon vieux, debout !

– Déjà ? Je viens de m'endormir, quelle
heure est-il ? fit Jérôme en bâillant.

– Cinq heures et demie.

– Ce n'est pas une heure pour se lever...

– Tu as oublié que c'est le soleil qui
nous donne l'heure ici, pas les horloges et
les montres !

– Non, non, je n'ai pas oublié.

– Debout alors! Je prends un seau, nous allons chercher de l'eau. Il n'y a rien comme une petite ablution froide pour reprendre ses esprits.

En route vers le puits du village, Jérôme jeta un coup d'oeil autour de lui. Tout avait l'air parfaitement normal.

– Peter, il me semble que nous devrions faire quelque chose pour traquer les braconniers. Tu te souviens du temps où nous nous glissions dans le parc en cachette? Qu'en dis-tu? Non seulement ce serait amusant, mais ce serait utile cette fois.

– Non, dit Peter d'un air sérieux. Je ne suis pas d'accord. Nous ne sommes plus des enfants, et puis c'est devenu dangereux. Il ne faut pas plaisanter avec les braconniers, je t'assure. Il y a quelques mois, un gardien s'est fait attaquer en rentrant chez lui. Des types l'ont roué de coups. C'est tout juste s'ils ne l'ont pas tué.

– Nous ne sommes pas obligés de nous manifester, insista Jérôme. Il suffirait d'observer leurs allées et venues et de tenir Abdu au courant. Nous sommes bons traqueurs tous les deux, personne n'en saurait rien.

– Non, dit Peter. Les Blancs sont rares ici, à part les touristes. Les gens t'ont remarqué et savent que tu es un parent de l'adjoint d'Abdu. Ils te soupçonneront immédiatement d'être un indicateur. D'ailleurs, tous les braconniers ne sont pas des criminels.

– Quoi?! Bien sûr que tous les braconniers sont des criminels! Comment peux-tu dire une chose pareille?

– Jérôme, les choses ont changé ici depuis ton départ. Il y a beaucoup de misère maintenant.

– Est-ce une raison pour braconner?

– Je n'ai pas dit ça, mais on peut comprendre qu'un homme dont les enfants meurent de faim tue un animal pour les nourrir. Il ne va pas se croiser les bras quand il a de la nourriture à sa portée.

– Ah bon! Alors tu crois que le léopard de l'autre jour a fini dans une marmite? C'est pour ça, peut-être, que les braconniers ont pris la peau et qu'ils ont laissé la chair?

– Non, évidemment. Ceux-là l'ont fait pour l'argent.

– Et tu trouves ça excusable aussi? continua Jérôme avec impatience. Je n'arrive pas à le croire. Le fils de Kyondo qui prend le parti des braconniers !

Peter secoua la tête.

– Jérôme, tu as oublié ce que peuvent être nos conditions de vie ici. Une fillette du village est morte il y a six mois parce que ses parents n'avaient pas les moyens d'acheter les médicaments qui l'auraient sauvée. Sa maladie était curable. Est-ce que tu blâmerais son père d'avoir braconné ?

Jérôme hésita.

– Je ne sais pas, dit-il.

Les garçons poursuivirent leur chemin en silence jusqu'à la pompe à eau, où plusieurs villageoises en jupes multicolores riaient et bavardaient en attendant leur tour. Elles saluèrent Jérôme et Peter. Peu après, un adolescent d'environ seize ans s'approcha de Jérôme avec un grand sourire. Sa jambe droite, toute maigre, était enroulée autour d'un bâton qui servait de béquille.

– C'est toi, John ? dit Jérôme.

– Tu m'as reconnu ! fit l'adolescent en calant le bâton sous son aisselle pour pouvoir tendre la main à Jérôme.

– Évidemment que je t'ai reconnu ! Tu étais notre meilleur marqueur de buts au soccer.

– Ça, c'était le bon temps, soupira John.

– Qu'est-ce qui t'est arrivé? demanda Jérôme en désignant la jambe tordue.

– Oh, j'ai été malade, répondit John en haussant les épaules.

Il continua en regardant ailleurs:

– Bon, je reviendrai te parler plus tard. Il faut que je m'en aille.

– C'est notre tour, dit Peter. Tiens le seau, je vais pomper.

Il lança le seau à Jérôme d'une main, attrapant, de l'autre, la poignée de la pompe.

– Sais-tu ce qui est arrivé à John? demanda Jérôme en transportant l'eau jusqu'à une dalle de béton dissimulée derrière un mur de feuilles de palmier tressées.

– Son père était toujours ivre, tu te souviens? Comme sa mère n'avait pas de quoi nourrir les trois enfants, elle a envoyé John habiter chez son oncle dans un autre village. C'est là qu'il a attrapé la polio. Avec sa jambe difforme, il n'a plus pu travailler, alors son oncle l'a renvoyé ici.

– Mais le vaccin contre la polio, ça existe! s'exclama Jérôme.

– Je sais bien, mais il faut de l'argent pour aller au dispensaire.

– Ça coûte cher ?

– Tout coûte cher quand on n'a pas le sou.

– Forcément. Mais c'est épouvantable ! Toute une vie gâchée pour une misérable question d'argent, pour une petite somme de rien du tout.

– Ce sont des choses qui arrivent quand on est pauvre, dit Peter. Les gens qui auraient le plus besoin de travailler n'en ont plus la force parfois.

– C'est pour ça qu'ils se mettent à braconner ?

– Ça arrive.

– Aïe ! L'eau est glacée, s'écria Jérôme en se rinçant le torse.

– En tout cas, elle t'a réveillé !

– Pour ça, oui ! Mais tu sais, Peter, le pauvre type qui tue un animal par nécessité ne fait presque pas d'argent. C'est lui qui prend tous les risques, mais c'est l'intermédiaire qui ramasse le gros lot. Celui qui exporte, qui a des contacts avec l'étranger.

– Comment donc ! Et l'intermédiaire, lui, n'est pas intéressé aux peaux ordinaires. Il

veut quelque chose d'exotique : des four-
rures de grands félins. Ses clients les paient
cher parce qu'elles se vendent bien.

– Encore l'appât du gain !

– Dans le cas de l'intermédiaire, oui. Le
braconnier, lui, est parfois simplement un
homme au bord du désespoir.

– Eh bien, je ne suis pas convaincu que
tu aies raison, dit Jérôme.

– Et moi, je ne suis pas convaincu
d'avoir tort, répliqua son copain.

– Quand il n'y aura plus d'animaux, il
ne viendra plus de touristes pour dépenser
de l'argent et créer des emplois.

– Écoute, oublions tout ça et allons voir
ce qu'il y a pour déjeuner, veux-tu ?

– Mmm ! ! Il y a longtemps que j'ai
mangé du gruau aussi délicieux, dit
Jérôme.

Peter et lui étaient assis dehors sur le
perron, un bol de porcelaine décoré de
bleu sur les genoux.

– J'adore le petit goût de fumée que
donne le feu de bois.

– L'un des rares avantages à l'absence
d'électricité... Veux-tu m'aider avec la

maison aujourd'hui ou t'en vas-tu faire la chasse aux braconniers?

– Je reste. Traquer sans toi ne me dit rien.

– Bon. Mettons-nous-y aussitôt après le déjeuner pour avancer le plus possible avant la grande chaleur.

– Quelqu'un d'autre t'aide?

– Mon père, parfois, ou mon oncle. D'habitude, je travaille seul. Ça me plaît, j'aime bien aller à mon propre rythme.

Peter se tourna vers sa soeur.

– Christina, veux-tu nous donner encore du thé, s'il te plaît?

La fillette soupira, ramassa les tasses et disparut dans la cuisine. Quelques minutes plus tard, elle reparut avec le thé, le leur donna et descendit les marches en sautillant. Elle s'en allait chez la voisine.

– Est-ce qu'elle vous aide un peu? demanda Jérôme.

– Christina? Nous aider? C'est la plus paresseuse de mes soeurs! Tu vas voir, elle va passer deux heures là, à commérer.

Un peu plus tard.

– Encore un seau d'eau et la consistance devrait être bonne, dit Peter en examinant le contenu du vieux malaxeur à ciment. Je vais à la pompe. Pendant ce temps-là, tourne la manivelle, il faut que le tambour reste en mouvement.

Jérôme se demanda combien de temps il pourrait tenir. Son bras et son épaule lui faisaient déjà mal, mais il ne voulait pas s'arrêter de peur de passer pour une mauviette. Soudain, son regard s'arrêta sur le petit enclos où séchaient les blocs de ciment, protégés des poulets et des chèvres par une haie de buissons épineux. Décidément, il y avait là beaucoup de briques. Combien Peter en confectionnait-il donc chaque jour?

Jérôme en était là de ses pensées quand Peter revint avec l'eau.

– Bon, ça devrait aller maintenant, dit ce dernier en versant sa charge dans le malaxeur.

Jérôme continua à tourner la manivelle jusqu'à ce que l'eau fût bien absorbée. Son compagnon reconnaissait à l'oreille l'état du mélange.

– Maintenant, on le transvide dans la brouette et on l'apporte là-bas, dit Peter en désignant l'enclos.

Les deux garçons étaient occupés à verser le ciment dans les moules et à en lisser la surface avec un morceau de bois quand Jérôme vit Kyondo s'approcher. Le vieil homme était impressionnant à voir : grand, droit, les épaules tirées vers l'arrière, il faisait belle figure dans sa longue robe blanche éclaboussée de soleil.

– Ça fait plaisir de vous voir travailler ensemble de nouveau, dit-il. Jérôme, tu as le visage très rouge. Il fait peut-être trop chaud pour toi. Un soleil aussi ardent, c'est dur pour une peau blanche. Repose-toi donc un peu.

– Je me sens très bien, dit Jérôme. Je ne suis pas habitué à travailler si fort, c'est tout.

– Bon, d'accord. Dans quelques jours, tu t'y seras fait. En tout cas, nous n'oublierons jamais que tu nous as aidés à bâtir cette maison.

Juste à ce moment, une jeep s'arrêta devant la porte.

– C'est ton frère, dit Peter en voyant Louis s'avancer vers eux dans l'herbe jaunie. Je me demande ce qu'il veut.

– Il est probablement venu me chercher, dit Jérôme.

– Déjà? fit Kyondo.

– Est-ce que tu ne pourrais pas rester plus longtemps? dit Peter. Ça me plaisait bien que tu fasses la moitié de l'ouvrage!

– Je ne sais pas, répondit Jérôme. Je vais le lui demander.

– Tu n'aurais pas pu m'accorder quelques jours de plus, non? demanda Jérôme à son frère.

Au volant de la jeep, Louis suivait la route qui bordait le parc.

– Non!

– Pourquoi pas? insista Jérôme, déçu d'avoir dû quitter Peter si vite.

– Nous avons eu des problèmes et je ne veux pas que tu restes ici, c'est tout!

– J'étais parfaitement en sécurité, je t'assure. Que veux-tu qu'il m'arrive chez Kyondo? Il fait attention à moi comme à la prunelle de ses yeux. Des problèmes, tu dis, quelle sorte de problèmes?

– Il y a eu un accident sur cette route, un peu plus loin.

– Ça alors! Parce qu'un chauffard inconnu fait des siennes, je n'ai pas le droit de rester chez Kyondo!

– Ce n'est pas aussi simple que ça. Deux hommes ont été arrêtés. Il y avait deux peaux de zèbres dans le coffre de leur voiture.

– D'où venaient-elles, ces peaux de zèbres ?

– Nous ne le savons pas encore. La police va interroger les deux types.

– Comment l'accident est-il arrivé ?

– Ils faisaient de la vitesse, j'imagine. Un gnou leur a sauté juste sous le nez. D'après les traces de pneu, ils ont fait une embardée pour l'éviter mais sans succès. La voiture a roulé dans le fossé.

– Et le gnou ?

– Il est mort, le pauvre.

– Ce sont peut-être nos braconniers. Où veux-tu qu'ils aient trouvé des peaux de zèbres autrement ?

– Je ne sais pas, mais ce qui est sûr, c'est qu'ils ont des comptes à rendre.

– Je ne vois toujours pas en quoi cette histoire me concerne.

– Mais voyons, Jérôme ! fit Louis, impatient. L'accident s'est produit près de chez Kyondo. Les peaux doivent venir de là. D'ailleurs, on n'a pas vu de zèbres dans les parages depuis un bon moment.

Dis-moi, as-tu vu ou entendu quelque chose d'inhabituel, la nuit dernière?

Jérôme hésita. Il était sûr d'avoir entendu quelqu'un pousser une voiture, mais il n'avait rien vu de ses yeux. Il répondit :

– Je ne crois pas, non.

Louis lança à son frère un regard interrogateur.

– Qu'est-ce que tu veux dire par là? Tu as vu quelque chose, ou tu n'as rien vu!

Jérôme regarda Louis droit les yeux.

– Je n'ai rien vu, dit-il.

Chapitre 6

Les rebelles

Jérôme entra dans le bureau de l'intendant avec Nibbles. (Nibbles était un dik-dik, une espèce de petit chevreuil.)

– Bonjour, Abdu, dit-il. Où pourrais-je trouver un escabeau, s'il te plaît ?

– Il y en a un près du garage. Tu veux grimper dans les arbres, je parie, répondit Abdu en désignant un papayer qui poussait sous la fenêtre.

Au milieu des papayes encore vertes qui pendaient au tronc comme des gouttes, il y en avait plusieurs grosses de couleur orange.

– Elles sont très sucrées. Si tu veux les asperger avec du jus de lime, descends près des huttes des gardiens. Tu trouveras un limettier plein de fruits mûrs.

– Merci, dit Jérôme. Est-ce que je t'en rapporte ?

– Je prendrais bien quelques limes, oui, je voulais justement faire du jus. Mais j'y pense ! Va dire à Louis que j'ai reçu un message de M. Anderson. Sa femme et lui vont prendre nos petits orphelins. Ils font de la recherche sur les léopards dans le parc provincial du nord.

– Ils s'en vont bientôt alors, fit Jérôme en jetant un regard triste sur les deux petites bêtes qui dormaient dans leur cage.

– Aujourd'hui même, si possible. Et j'aimerais que ce soit Louis qui les emmène. Qu'il parte le plus vite possible. Il faut qu'il arrive avant le coucher du soleil, à cause des rebelles. Dis-lui que les barrages routiers et le pillage n'ont pas cessé.

– Les rebelles se battent encore contre le gouvernement ? demanda Jérôme.

– Oui, répondit Abdu. Le gouvernement veut forcer les habitants à payer des impôts. C'est à cette condition seulement qu'il leur installera des puits et des pompes. Or, les malheureux n'ont pas d'argent.

– En somme, rien n'a changé depuis que nous avons quitté le pays... Mais n'est-il pas dangereux de voyager ?

– Non. Les rebelles se tiennent cachés le jour ; c'est la nuit qu'ils passent à l'action. Louis pourrait t'emmener, d'ailleurs.

– Super ! Je vais lui transmettre le message et je cueillerai les fruits au retour. Viens, Nibbles.

Le petit chevreuil sur les talons, Jérôme sortit. Louis accepterait-il de le prendre avec lui ? Sans doute de mauvaise grâce, mais son frère n'aurait pas le choix puisqu'Abdu lui-même était d'accord. Jérôme n'avait jamais été autorisé à visiter la province du nord, aux frontières sévèrement gardées. Il en avait très envie. Et l'idée d'investir le domaine des rebelles l'attirait !

– Dis à Abdu que je pars dans une demi-heure, dit Louis à Jérôme en recevant le message. Peux-tu me mettre de la nourriture en poudre dans un contenant pour les Anderson ? Il en faut pour environ deux mois. N'oublie pas les suppléments.

– Puis-je t'accompagner ? demanda Jérôme.

– Certainement pas ! répliqua Louis.

– Pourquoi pas ? Qu'est-ce que tu veux que je fabrique ici, quand les petits léopards seront partis ?

– C'est trop dangereux. Les rebelles n'ont plus rien à perdre. Ils attaquent au moindre prétexte.

– Et alors ?

– Penses-y un peu, nous serions la plus facile des cibles.

– S'ils attaquent la jeep, qu'est-ce que ça change que je sois avec toi ?

– Pour moi, c'est un risque du métier. Mais il n'est pas question de mettre ta vie à toi en danger ! Tu imagines ce que papa et maman diraient, s'il t'arrivait quelque chose ? Ils ne me le pardonneraient jamais, et moi non plus.

– Abdu est d'accord pour que je t'accompagne. Il dit qu'il n'y a pas de danger, le jour. S'il y en avait, il ne te confierait pas cette mission ! Et puis, je pourrai m'occuper des léopards.

– C'est vrai, dit Louis. Je les avais oubliés, ceux-là.

– Mais c'est à cause d'eux que tu vas là-bas!

– J'aurais préféré que tu restes ici, mais puisqu'Abdu t'a donné son accord, je m'incline. Et puis, bon, je serais incapable de m'occuper des petits tout en conduisant.

– Super! s'écria Jérôme. Donne-moi juste le temps de cueillir une papaye et des limes. Je reviens dans dix minutes.

Il partit à la course. Louis avait accepté de l'emmener! et presque sans faire d'histoires... Même s'il subsistait un léger risque, Jérôme préférait être avec son frère. Qui sait, il pourrait même lui venir en aide, le cas échéant.

Après sept heures d'un pénible voyage sur des chemins à peine carrossables, les deux frères atteignirent enfin la province du nord. La route les conduisit à travers un petit village — ou plutôt une agglomération de huttes croulantes — où se tenait un groupe d'enfants au ventre gonflé, aux grands yeux fixes, aux joues creuses.

– Que les gens sont pauvres ici! dit Jérôme. Comment se fait-il que le gouvernement ne leur envoie pas de vivres?

– Parce que — je te donne la version officielle — les rebelles les leur voleraient et combattraient encore plus fort, étant mieux nourris.

– Pourquoi se battent-ils donc? Pour de la terre? Elle est complètement aride!

– Eh oui! Mais les autorités insistent pour que tout le monde paie des impôts. Les gens qui refusent se font saisir leurs vaches ou leurs chèvres.

– Si la cause des rebelles est juste, toute la population devrait les appuyer, non?

– Les gens ont peur, expliqua Louis. Ils ont peur d'être envoyés en prison s'ils aident les rebelles et peur des représailles s'ils refusent de les soutenir. Pour eux, le problème est sans issue.

– Et pendant ce temps, la lutte continue et les gens s'appauvrissent chaque jour un peu plus. Ce n'est vraiment pas juste.

– Nous approchons de notre destination, dit Louis. C'est ici qu'il faut tourner, je pense.

La jeep quitta la route principale pour s'engager dans un sentier cahoteux serpentant parmi les hautes herbes qu'affectionnent les éléphants.

– J'espère que tu sais où tu vas, dit Jérôme. Je ne voudrais pas m'égarer dans un endroit pareil.

– J'avoue que ce n'est pas très rassurant, avec cette végétation qui nous bouche complètement la vue. Mais les Anderson ont dit de prendre à droite cinquante mètres après le pont, et c'est ce que j'ai fait.

Jérôme regarda les petits léopards qui haletaient dans leur cage de transport. Comme ils devaient avoir chaud sous leur fourrure!

Quelques minutes plus tard, le rideau d'herbe s'ouvrit devant un enclos clotûré de barbelés. Arrivé à la barrière, Louis salua un homme allongé sous un flamboyant, expliquant qu'il était attendu. L'homme se leva et laissa passer le véhicule.

Ils s'arrêtèrent devant une maison de briques entourée d'une profusion de cannas oranges et jaunes dressés sur des tiges violacées.

– Louis, je crois? et Jérôme? dit la petite dame anglaise aux cheveux noirs qui les accueillit. Je suis Sheila Anderson. Je vous attendais bien plus tôt!

– Le voyage a été plus long que je ne croyais, dit Louis.

– Entrez, entrez. Vous devez être fatigués, après toute cette route. Mon mari est quelque part dans la brousse mais ne devrait pas tarder à rentrer. Où sont les bébés?

– Ils sont derrière, je vais les chercher, dit Jérôme en enjambant le dossier du siège.

Les petits léopards se collèrent le nez contre le grillage. Tout en soulevant la cage, Jérôme passa un doigt à travers les mailles pour les caresser.

– Oh qu'ils sont mignons! s'exclama Mme Anderson. Je suis très contente qu'on nous les confie. L'expérience nous sera utile et nos chances de succès sont excellentes, je crois. Le dernier petit que nous avons gardé nous reconnaît encore dans la brousse. Apporte-les sur la galerie, veux-tu?... Asseyez-vous, continua-t-elle en montrant des chaises de toile d'un vert fatigué. Nous allons prendre le thé. Nous passerons à table quand mon mari rentrera.

– Je regrette, mais nous ne pouvons pas rester à souper, dit Louis. Ce sera bientôt l'heure de reprendre la route. Je n'ai pas envie de traverser la région dans l'obscurité.

– Pas envie? fit Mme Anderson, les yeux agrandis par l'étonnement. Mais c'est absolument interdit, à moins que vous n'ayez un permis spécial de la police! Il y a couvre-feu du crépuscule jusqu'à l'aube.

– Ah bon? fit Louis. Il faudra trouver à nous loger cette nuit, alors.

– Vous coucherez ici, bien sûr! déclara Mme Anderson. Nous sommes très isolés, comme vous le voyez, et c'est un plaisir pour nous de vous recevoir. D'ailleurs, cela vaudra mieux pour les petits léopards. Ils se familiariseront plus facilement avec leur nouveau milieu. Tiens, Jérôme, ouvre donc la cage, cela leur fera du bien de se promener un peu.

Les petits orphelins ne se firent pas prier. Aussitôt libres, ils se mirent à trotter sur le ciment, reniflant les murs, les chaises et les tables. Satisfaits de leur inspection, ils se lancèrent ensuite dans une joyeuse sarabande.

– Je vais aller leur préparer à boire, dit Jérôme. Nous vous avons apporté du lait en poudre et des vitamines de la part d'Abdu. Vous aurez tout ce qu'il vous faudra pour deux mois.

– Voici donc nos nouveaux pension-naires! dit M. Anderson en pénétrant dans la grande salle de séjour où sa femme et Jérôme nourrissaient chacun un petit léopard. Je regrette d'arriver si tard. Les rebelles se sont montrés et la police s'est mise à leur recherche. J'ai préféré attendre que l'alerte soit passée et rester à l'abri des balles perdues.

– C'est inquiétant, dit Mme Anderson, la voix altérée. D'habitude, les rebelles se cachent, le jour. Ils s'enhardissent.

– Abdu nous avait prévenus, dit Louis. Nous avons été prudents, pendant le voyage, mais j'ignorais que la situation s'était détériorée au point de rendre le couvre-feu nécessaire.

– Ici, nous n'en sommes pas trop incom-modés, dit M. Anderson. J'ai même rarement besoin de mon permis. N'empêche que, pour l'instant, le couvre-feu reste la seule alternative.

– Il a fallu renforcer les mesures de sécurité autour du campement, précisa

Mme Anderson. Nous gardons la génératrice en marche toute la nuit ; au besoin, les projecteurs inonderaient de lumière toute la propriété. Malheureusement, la machine est un peu bruyante, j'espère qu'elle ne vous empêchera pas de dormir.

Cette nuit-là, Louis et Jérôme dormirent comme des loirs malgré le bruit. À leur réveil, tout le paysage baignait dans le rougeoiement doré des premières lueurs de l'aube. Après le déjeuner, Jérôme fit une dernière caresse aux petits léopards.

— Au revoir les amis, leur dit-il, tout triste. Je vous souhaite une belle et longue vie.

— J'aurais bien aimé rester plus longtemps, confia-t-il à Louis une fois dans la jeep. Je vais m'ennuyer d'eux.

— Moi aussi, répondit son frère. Mais, tu sais, il aurait bien fallu qu'on s'en sépare un jour. Avec les Anderson pour les soigner, au moins ils n'aboutiront pas dans un zoo.

Jérôme remarqua bientôt que Louis avait les jointures blanches à force de serrer le volant. C'était chez son frère un signe infaillible de tension.

– Tu as l'air nerveux. Dans combien de temps pourrons-nous communiquer avec Abdu?

– La radio fonctionne dans un rayon de cinquante kilomètres seulement. On en a pour un bon bout de temps. D'ici là, il faudra nous débrouiller seuls.

– On n'a pas eu de problèmes, hier. Tu verras, ça ira.

– Je l'espère, mais je respirerai mieux quand nous aurons quitté la zone dangereuse. Quelque chose me dit que les rebelles ne sont pas loin.

– C'est ce que M. Anderson a laissé entendre, hier soir, mais il a dit aussi qu'il suffit d'être vigilant.

– Eh bien, justement, je suis trop occupé à conduire pour surveiller les alentours. Je compte sur toi, compris?

Jérôme faisait le guet, certain qu'il perdait son temps. Les Anderson avaient bien dit que les rebelles ne sortaient pas le jour — hier, c'était l'exception. Enfin, puisqu'il n'y avait rien d'autre à faire... Le garçon s'ennuyait des petits léopards. Ils lui avaient fait une agréable distraction à l'aller.

Tout à coup, un brusque détour de la route révéla un barrage routier à moins de cinquante mètres.

– Est-ce la police ? demanda Jérôme.

Louis ralentit.

– Vois-tu quelqu'un ?

– Non, personne !

– Alors ce n'est pas la police ! Ce sont les rebelles ! cria Louis.

Un tressaillement dans les buissons...

– Attention ! À gauche ! hurla Jérôme.

– Cramponne-toi, je fais le tour ! cria Louis en fonçant vers les troncs d'arbres qui barraient la route.

Il rétrograda, puis, au dernier moment, grimpa sur l'accotement en enfonçant l'accélérateur. « Ça y est, se dit Jérôme, nous allons nous tuer. Il aurait pu mettre le frein à main et faire demi-tour, non ? Éviter les ennuis pour une fois ! »

Jérôme s'arc-bouta sur le tableau de bord, les pieds bien plantés. À hauteur de la barricade, une explosion fracassa l'air comme du métal volant en éclats. La jeep trembla. Jérôme se boucha les oreilles.

– Ils nous ont eus, cria Louis.

À cet instant, Jérôme sentit une vive brûlure à la cuisse.

D'autres coups de feu retentirent.

– Penche-toi! hurla Louis. Ils veulent nous tuer!

Le véhicule rebondit sur les billes de bois que les rebelles avaient disposées dans l'herbe pour empêcher les véhicules de contourner le barrage. La jeep verserait, Jérôme en était sûr. Après ce qui lui sembla une éternité, Louis remonta sur la route et fila à toute vitesse.

Jérôme avait la tête qui tournait. Les oreilles bourdonnantes et la bouche sèche, il se pencha pour ramasser la bouteille d'eau. La douleur le cloua sur place, intolérable, cuisante comme s'il avait eu la jambe brûlée au fer chauffé à blanc. Il s'écrasa contre la portière.

– Qu'est-ce que tu as? s'inquiéta Louis.

– Je ne sais pas, répondit Jérôme.

Portant la main à sa cuisse, il sentit quelque chose de chaud et de mouillé. L'instant d'après, il surprit le regard horrifié de son frère.

– Jérôme, tu as reçu une balle, dit Louis doucement. Écoute, frérot, je ne peux rien faire pour t'aider. Tu devras te débrouiller tout seul, tu comprends? Je vais ralentir, mais je ne peux pas arrêter. Monte derrière.

Jérôme réussit à se traîner entre les deux sièges avant. Les élancements dans sa cuisse étaient terribles.

– Assieds-toi, dit Louis en suivant son frère des yeux dans le rétroviseur. Maintenant, penche-toi, prends de la gaze dans la trousse de secours et mets-en plusieurs épaisseurs sur la plaie.

Jérôme regarda la déchirure dans sa cuisse et la rigole rouge qui coulait le long de sa jambe. Lorsqu'il se pencha pour ouvrir la trousse, tout se mit à danser devant ses yeux. Il s'allongea sur la banquette et ferma les yeux. Il prendrait la gaze dans un moment, quand il en aurait la force.

– Comment vas-tu, mon vieux ? demanda Louis.

– Ça fait mal, marmonna Jérôme. Horriblement mal.

– Je roule le plus vite que je peux. Ce sera plus rapide d'aller directement à l'hôpital que de chercher un dispensaire dans la région. Peux-tu tenir une petite heure ?

– Je n'ai guère le choix, murmura Jérôme.

Chapitre 7

Les griffes de lion

Ouvrant un instant les yeux, Jérôme distingua vaguement son frère Louis et un homme en blouse blanche penchés sur lui. Puis, il sentit une main ferme sur son épaule.

– Jérôme, m'entends-tu ? dit Louis.

– Sommes-nous arrivés à la maison ? murmura le blessé.

– Tu es à l'hôpital, répondit Louis. Rappelle-toi. Nous avons été pris dans une embuscade en revenant de chez les Anderson. Tu as reçu une balle.

– Quoi ! une balle ! s'exclama Jérôme, soudain bien réveillé.

Il fit mine de s'asseoir dans son lit.

– Reste tranquille, dit le médecin en le retenant du plat de sa main. Tu as eu beaucoup de chance, tu sais. La balle n'a pas fracturé l'os, mais tu as passé des heures en état de choc et tu dois te reposer.

– C'est grave? demanda Jérôme à son frère.

– Cela aurait pu être bien pire. Apparemment, la balle a fait un ricochet avant de t'atteindre.

– Est-elle encore dans ma jambe?

– Non, le médecin l'a retirée. Tu en seras quitte pour une belle cicatrice.

– C'est bizarre, je ne me souviens de rien.

– Eh bien, après t'être allongé sur la banquette arrière, tu as perdu connaissance. Je t'ai amené ici le plus vite que j'ai pu.

– Est-ce que je peux quitter l'hôpital maintenant?

– J'ai bien peur que non, dit le médecin. Je préfère te garder sous observation pendant quelques jours.

– Ne t'inquiète pas, dit Louis. Je viendrai te voir tous les jours. Et je vais aussi m'occuper de ton billet.

– Mon billet ? Quel billet ?

– Mais, ton billet d'avion. Tu vas rentrer au Canada le plus vite possible, non ? Une blessure pareille peut s'infecter facilement. S'il y a des complications, tu seras mieux soigné là-bas.

– Jamais de la vie ! Je ne pars pas ! Je suis venu ici pour six semaines, et je reste six semaines !

– Jérôme, je ne peux pas prendre ce risque. S'il t'arrivait quelque chose, je ne me le pardonnerais jamais.

– Je ne pars pas et c'est tout !

– Il n'y a pas lieu de s'inquiéter outre mesure, interrompit le médecin. Jérôme restera ici quelques jours et vous nous le ramènerez ensuite pour des vérifications. Tout devrait bien aller.

– Excellent, dit Louis en rentrant à la maison en jeep avec Jérôme, trois jours après leur mésaventure. Ta jambe guérit très bien.

– Oui, dit Jérôme. Le médecin prévoit que j'aurai besoin de revenir le voir seulement une fois.

– Tout ça est de ma faute, dit Louis. Si je

n'avais pas décidé de franchir la barricade, il ne te serait rien arrivé.

– Pas nécessairement, dit Jérôme. Abdu m'a dit lors de sa visite que plusieurs personnes avaient signalé des barrages sur la route ce jour-là. Si nous avions rebroussé chemin, nous aurions tout aussi bien pu nous faire prendre ailleurs. Les rebelles ont choisi le jour de notre excursion pour modifier leur stratégie et monter un assaut général. Cela, nous ne pouvions pas le deviner.

– Tu ne m'en veux pas, alors ?

– Mais non, pourquoi est-ce que je t'en voudrais ? Ce n'est pas toi qui as tiré.

– Ces types-là n'ont décidément pas de conscience. Ils se sont certainement rendu compte que tu étais tout jeune, et ils ont tiré quand même.

– Je parie qu'ils n'ont même pas visé. Ce qu'ils voulaient, je pense, c'est arrêter la jeep coûte que coûte.

– Peut-être bien. En tout cas, j'espère que papa et maman ne se mettront pas trop en colère en apprenant ce qui t'est arrivé.

– Ne t'en fais pas. Ils comprendront. D'ailleurs, je ne le leur dirai pas tout de suite en arrivant. J'attendrai une heure ou deux, le temps pour eux de constater que je suis en parfaite santé. Peter sait-il que j'ai été hospitalisé ?

– Non. Je ne suis pas allé chez lui depuis l'autre jour. Abdu non plus.

– J'ai hâte de tout lui raconter.

– Entendu, je te conduirai au village demain.

Les deux frères circulaient maintenant sur une route droite en bordure de la réserve.

– Louis, attention, dit soudain Jérôme d'une voix hésitante. Il y a une voiture sur l'accotement.

– Au moins ce n'est pas un barrage ! Ce doit être un accident. Arrêtons voir.

Un attroupement s'était formé. Le premier, Jérôme aperçut dans le fossé une voiture toute cabossée.

– Sans doute un taxi bondé qui roulait trop vite, dit-il en descendant de la jeep.

Louis s'approcha d'un homme à qui tout le monde avait l'air de s'en prendre.

– Êtes-vous le chauffeur du taxi ?

– Oui, monsieur.

– Qu'est-il arrivé ?

– Je conduisais tranquillement puis, je

ne sais pas pourquoi, la voiture a quitté la route tout d'un coup.

– Autrement dit, vous avez dérapé. Y a-t-il des blessés ?

– Non, tout le monde est sain et sauf.

– Voilà au moins une bonne nouvelle. Par contre, votre voiture est sérieusement endommagée.

Une femme agrippa le bras de Louis au passage.

– Personne n'est blessé mais regardez mes légumes !

Elle montrait du doigt les yams, les tomates et les oignons à moitié écrasés qui jonchaient la chaussée.

– Comment voulez-vous que je les vende maintenant ? Je viens de perdre tout mon profit et c'est de sa faute à lui ! Il conduisait trop vite.

– J'ai expliqué à cette femme que la voiture avait glissé toute seule dans le fossé, se défendit le chauffeur, mais elle ne veut rien entendre.

– Il peut s'agir d'un ennui mécanique, dit Louis. Tous ces gens-là étaient-ils à bord de votre taxi ?

– Oui, monsieur.

– Alors c'est la charge qui était trop lourde. Vous êtes autorisé à prendre cinq passagers, pas dix!

– Je m'excuse, monsieur.

– Je regrette, mais je dois vous dénoncer à la police. Vous écoperez d'une amende.

– Je sais, fit l'homme en baissant la tête.

Pendant ce temps, Jérôme examinait les abords de la voiture. Sur le sol traînaient une boîte de carton attachée avec de la ficelle, deux casseroles de métal et une vieille valise brune éventrée. Avisant un T-shirt bleu à moitié sorti de la malle, Jérôme le ramassa.

– Louis, c'est le T-shirt de Peter, lança-t-il, tout étonné.

– En es-tu sûr? Les T-shirts ont tous l'air pareils, tu sais.

– C'est bien le sien, celui que je lui ai donné. Qui d'autre aurait un T-shirt avec l'étiquette «Fabriqué au Canada»?

– Je vois... Mais où est Peter alors?

– Je gage qu'il est blessé et que le chauffeur n'a pas voulu nous le dire!

– À qui est cette valise? demanda Louis à la ronde.

Silence. Les passagers se jetèrent des coups d'oeil furtifs.

– Voyons, cette valise doit bien apparte-
nir à quelqu'un, reprit Louis.

– Non, monsieur, répondit le chauffeur.

Louis se pencha pour examiner la malle.

– Jérôme, reconnais-tu ces effets?

  – Euh...oui, dit Jérôme en fouillant
parmi les vêtements épars. Cette chemise-
là aussi appartient à Peter, et ces shorts
bleus. Tout ça est à lui. Louis, je suis
inquiet. Peter est peut-être blessé. Tu ne
penses pas que le chauffeur se tait de peur
de s'empêtrer davantage?

– Nous n'allons pas tarder à le savoir,
je te le promets, répondit Louis. Mais
qu'est-ce que c'est que ça? continua-t-il
en découvrant un petit colis emballé dans
du papier journal.

Le paquet se défit dans sa main.

– Des griffes de lion! Non, ce n'est pas
possible! cria Jérôme.

– Fraîchement coupées d'ailleurs. Pas
étonnant qu'elles puent à ce point. Elles
n'ont même pas été nettoyées convenable-
ment, regarde, il reste de la chair. De la
besogne vite faite, apparemment.

Jérôme examina de près quelques-unes
des griffes. Elles étaient brunes, recour-
bées: c'étaient bien des griffes de lion.

Comment pouvait-on tuer un lion? Une espèce protégée qui se faisait de plus en plus rare dans le parc. Kyondo ne toucherait jamais à un lion, Jérôme en était sûr. Mais alors, qu'est-ce que Peter faisait avec ces griffes... à moins de faire lui-même partie du réseau de braconniers?

– Si j'arrive à prouver qu'il faisait transporter ces griffes par Peter, Kyondo est cuit, dit Louis. Il n'en faudra pas plus pour corroborer le témoignage d'un des types que nous avons surpris avec des peaux de zèbres.

– Mais où donc est Peter? dit Jérôme en regardant de tous côtés.

– C'est ce que nous allons apprendre à l'instant. Chauffeur! Il est illégal de posséder des griffes de lion. Or, ces griffes se trouvaient dans votre taxi. Si vous ne me dites pas à qui elles appartiennent, vous serez tenu pour responsable et vous ne quitterez pas les lieux avant l'arrivée de la police. Les agents saisiront votre taxi, comme vous le savez, et vous n'en reverrez pas la couleur avant votre procès.

– C'est un garçon qui les avait, monsieur.

– Où est-il?

– Je ne sais pas, monsieur.

Il y eut un mouvement parmi les arbres.

– Peter! C'est moi, Jérôme! Ça va? Es-tu blessé?

Peter sortit des fourrés.

– Tiens, bonjour Jérôme.

– Où te cachais-tu comme ça?

– Moi, me cacher? Je suis allé pisser.

– Peter, dit Louis. Tu as certaines choses à nous dire, je crois. Tu vas revenir avec nous au camp et t'expliquer avec Abdu.

Assis sur la banquette arrière, Jérôme ne dit pas un mot du reste du trajet. Comment Peter pouvait-il avoir fait une chose pareille? Son meilleur ami était donc devenu un braconnier?

Chapitre 8

Le buffle

– **A**ttends-nous à la maison, Jérôme. Nous allons chez Abdu, Peter et moi, dit Louis.

Jérôme lança un regard noir à Peter et tourna les talons. C'en était fini de son amitié pour lui. Son meilleur ami était un braconnier et un menteur. Peter n'était pas allé dans les buissons pour pisser mais pour se cacher. Et personne ne s'en serait aperçu si lui, Jérôme, n'avait pas remarqué le T-shirt.

Le garçon entra dans la cuisine pour se préparer une collation. Il fouilla dans le réfrigérateur : il y avait du pain, du fromage et de la cassave frite qui venait d'un petit casse-croûte en ville. Il sortit la cassave, en disposa quelques tranches dans une assiette et la saupoudra de sel et de poudre de chili. Puis il pressa deux limes dans un grand verre; ayant sucré le jus avec du sirop, il remplit le verre à ras bord d'eau glacée. Bon, au dessert maintenant. Papaye ou reste de chaussons aux bananes? Jérôme choisit les chaussons, dont il raffolait depuis toujours, et s'en alla dans le salon. Déposant sa collation sur une table basse en acajou, il se laissa tomber sur le sofa.

— Une télé, voilà ce qu'il me faudrait aujourd'hui, dit-il aux murs.

Qu'est-ce qui arrivait à Peter? Comme son copain allait lui manquer! Il était peut-être normal, au seuil de l'âge adulte, de laisser tomber des amis, mais c'était dégueulasse quand même. En pensée, Jérôme revit John, le garçon à la jambe tordue par la polio qui ne marcherait jamais normalement parce que ses parents n'avaient pas pu le faire vacciner. Et si son ami avait eu une bonne raison d'avoir des griffes de lion dans sa valise? Avait-il été trop dur avec Peter? Pourtant, non, il n'existait pas de bonne raison, pas une seule, de s'en prendre à une espèce menacée! Et Peter n'était pas si pauvre que cela. Avait-il eu envie de gagner de l'argent? Peter adorait les animaux. Comment avait-il pu...? Tout ça, c'était la faute des étrangers qui achetaient les trophées! Sans eux, on n'en aurait pas été là.

Jérôme fut interrompu dans ses réflexions par l'arrivée de Louis et de Peter.

– Nous allons prendre une bouchée, Peter et moi, avant d'aller au poste de police pour le constat, dit Louis.

– Très bien, répondit Jérôme.

Il ramassa son assiette et disparut dans sa chambre, jetant un coup d'oeil à Peter au passage. Celui-ci avait l'air triste, complètement désemparé. L'espace d'un instant, Jérôme voulut lui parler, effacer le terrible malentendu. Mais il se tut. «Peter regrette de s'être fait attraper, c'est tout», songea-t-il en refermant sa porte.

De sa chambre, Jérôme entendait Louis et Peter parler, mais il n'arrivait pas à distinguer leurs paroles. Par moments des rires lui parvenaient, qui le mettaient en colère. Comment un gardien de la faune pouvait-il plaisanter avec un braconnier!

Enfin, la jeep démarra. Jérôme sombra dans le sommeil.

Plusieurs heures plus tard, le reflet des phares dans sa fenêtre le réveilla. C'était la jeep qui descendait l'allée. Une minute après, Louis entra dans la chambre.

– Jérôme, Peter va passer quelques jours ici. Si tu veux bien partager ta chambre...

– Il peut même l'avoir à lui tout seul, interrompit Jérôme en se levant brusquement. Je vais dormir dans le salon.

Le garçon avait déjà empoigné sa couverture.

– Jérôme, dit Louis, tu vas un peu vite en affaire, non ?

Jérôme eut envie de demander à son frère de quel droit il l'accusait d'«aller un peu vite en affaire». N'était-ce pas précisément un jugement hâtif de Louis, au volant, qui avait failli lui coûter la vie ?

– Ce doit être un trait de famille, se contenta-t-il de murmurer en quittant la pièce.

Jérôme s'allongea sur le sofa, laissant son regard errer sur le ciel nocturne par la grande baie vitrée. Rien à signaler que la course des petits nuages folâtres qui, à l'occasion, voilaient la lune. Jérôme n'arrivait pas à dormir. Ses pensées lui traversaient l'esprit comme des étoiles filantes. Pourquoi Louis prenait-il la part de Peter ? Comment se faisait-il qu'on n'ait pas gardé Peter au poste de police pour la nuit alors qu'on l'avait trouvé en possession de griffes de lion ? Jérôme n'y comprenait rien.

Quand l'obscurité de la nuit se dissipa dans la grisaille de l'aube, Jérôme se leva et, sans bruit, sortit de la maison. La solitude dont il avait besoin, c'est dans le parc qu'il saurait la trouver.

Bientôt, les rayons du soleil levant commencèrent à auréoler d'or arbres et arbustes. Un fin brouillard s'éleva de la terre où perlait la rosée. Déjà, les tisserins noir et jaune rassemblés sous les feuillages pépiaient joyeusement dans leurs nids, encouragés par le cri des grues couronnées qui volaient vers le point d'eau.

Jérôme sentait un irrésistible émoi monter en lui à mesure qu'il avançait dans le sentier, foulant le sable de ses pieds nus. Il descendrait au rocher salin pour regarder les animaux faire leurs ablutions matinales. Si le point d'eau était encore désert, il aurait le temps de gagner la butte au centre de l'étang ; il grimperait alors dans le gros arbre feuillu qui offrait sur le spectacle la perspective la plus sûre et la meilleure.

Tous les sens en alerte, Jérôme guettait le moindre mouvement. Personne ne savait où il était. En cas d'accident, personne ne saurait où le chercher. Il devrait compter sur ses propres ressources, sur son propre instinct de survie. Comme autrefois — sauf que Peter n'était pas là.

En approchant du point d'eau, Jérôme entendit les ébrouements énergiques des éléphants et le bruit qu'ils faisaient en écorçant les arbres. Il s'était laissé devancer. Impossible maintenant de se rendre à la butte. Jérôme entrevit le dos d'un animal au-dessus d'un fourré, et la trompe d'un autre dressée vers une branche d'aubépine. Il ramassa une poignée de sable qu'il laissa couler entre ses doigts ; la direction du vent l'assura que les éléphants ne capteraient pas son odeur.

Assez près de ces bêtes qu'il adorait pour entendre gronder leur estomac,

Jérôme se tenait debout, immobile, fasciné.
Bientôt cependant, un coup d'oeil à sa
montre l'informa que l'heure de rentrer
était venue. Il n'avait pas le temps de se
rendre au rocher salin.

Prudemment, il revint sur ses pas. À
cette heure, des grands reduncas se
dirigeaient vers le point d'eau, flairant l'air
de leur museau. À leur passage, Jérôme
s'immobilisa pour ne pas les effrayer.
Soudain, il sentit le sol vibrer sous ses
pieds. Au même instant, un bruit de
végétation fouettée violemment lui fit
tourner la tête : à moins de vingt mètres,
un buffle se ruait sur lui. Le buffle est l'un
des animaux les plus dangereux sur terre.
Jérôme sentit monter la panique.

« Reste calme, se dit-il en se rappelant
les exhortations de Kyondo. Reste calme
et absolument immobile jusqu'au dernier
quart de seconde. Il ne faut pas que la bête
ait le temps de bifurquer. » Tête basse, le
buffle fonçait droit sur lui dans un nuage
de poussière. Il approchait à toute vitesse.
Plus que quelques mètres. Jérôme s'écarta
d'un coup, mais trop tard. Dans un éclair,
l'animal en furie le heurta des épaules et
le renversa. À quatre pattes, Jérôme tenta

de se mettre à l'abri. Il savait que le buffle ferait volte-face. Mais les maigres buissons n'offraient pas la moindre protection. Où était passé son ennemi ? Quelle direction avait-il prise, et surtout, d'où resurgirait-il ?

Bien des chasseurs racontaient que les buffles faisaient le tour de leur victime pour la surprendre par derrière. Jérôme tourna la tête. Trop tard, il entendit venir l'animal de la direction opposée. « Cette fois, je suis mort », pensa-t-il. La bête gratta le sol de son sabot avec un horrible grognement.

Tout à coup, sortie de nulle part, une grosse motte de terre atterrit dans la face de l'animal. Jérôme demeura interdit. Secouant la tête, le buffle s'approcha de nouveau. Une autre motte l'atteignit de plein fouet, puis une autre et une autre. Il s'arrêta, perplexe, secoua la tête une nouvelle fois et s'enfuit au trot. Deux secondes plus tard, Jérôme sentit une main sur son épaule.

– Ça va, Jérôme ?

Jérôme tremblait si fort qu'aucun mot ne sortit de sa bouche. Peter le prit par le bras.

– Viens. N'aie pas peur, il ne reviendra pas.

En silence, Jérôme suivit Peter le long du sentier qui montait en pente abrupte jusqu'au camp. Quand ils furent en sécurité derrière le barbelé, Peter se retourna.

– Ça va ? Tu as l'air encore tout remué.

– Tu m'as sauvé la vie, Peter. Sans toi, j'aurais été réduit en charpie.

– Probablement. Un buffle n'abandonne pas facilement la partie. Mais comment se fait-il que tu ne l'aies pas senti venir ? Tu sais bien qu'ils sont imprévisibles !

– J'avais oublié que les buffles sont actifs tôt le matin. Je n'ai pas été assez vigilant, c'est vrai, et les éléphants m'ont distrait. Mais comment as-tu su que j'étais là ?

– Je t'ai suivi.

– À partir de quand ?

– À partir du moment où tu as quitté la maison.

– Pourquoi m'as-tu suivi ?

– Je ne dormais pas non plus. J'étais tout chaviré. Je voulais m'en aller dans le parc, être seul. En t'entendant sortir, j'ai deviné que tu allais au rocher salin. Mais comme tu me traites en criminel depuis hier, j'ai gardé mes distances. À la fin, j'ai aperçu le buffle mais j'ai dû attendre de voir ta réaction avant d'intervenir, de peur de déranger ta stratégie.

– Merci, mon vieux, fit Jérôme en serrant la main de Peter.

– Sommes-nous de nouveau amis ?

– Tu parles ! N'empêche que tu as bien des choses à m'expliquer.

– Je sais, je sais. Mais je t'assure que j'ignorais ce qu'il y avait dans ce colis.

– Quoi ? Avec cette puanteur ?

– On m'avait dit que c'était de la viande pour un ami de mon père.

– Qui t'a dit ça ?

Peter hésita.

– Mon père, dit-il en baissant les yeux.

– Tu veux dire que ton père est un braconnier ?

– Je n'en sais rien. Je t'assure que je n'en sais rien, soupira Peter.

– Est-ce la première fois que tu fais ce genre de course ?

– Non. Cela m'est arrivé plusieurs fois.

Peter avait maintenant du mal à retenir ses larmes.

– Je suis désolé, murmura Jérôme, vraiment désolé. La police est-elle au courant ?

– Au poste, j'ai reconnu que les griffes avaient été trouvées en ma possession et que c'était mon père qui me les avait données.

– Toute une accusation...

– Que pouvais-je faire d'autre? Il fallait bien admettre la vérité.

– Mais pourquoi Kyondo te ferait-il une chose pareille à toi, son propre fils? Je n'y comprends rien.

– Moi non plus, dit Peter. Non seulement il m'a trompé...

– Et t'a mis en danger, interrompit Jérôme.

– Mais regarde ce qu'il a fait aux animaux! Aux lions! Personne mieux que lui, pourtant, ne sait combien ils sont vulnérables.

– Eh bien, ton père devait avoir une bonne raison, dit Jérôme.

– Une bonne raison? C'est toi maintenant qui dis qu'il y a des bonnes raisons de braconner?

– Non, évidemment, soupira Jérôme. Mais alors, qu'est-ce qui lui a pris? Auriez-vous des gros problèmes d'argent par hasard?

– Nous ne sommes pas riches, mais nos voisins en arrachent encore davantage. De toute façon, mon père n'a pas plus d'argent que d'habitude.

– À ce que tu saches.

– J'en suis sûr. S'il avait eu de l'argent, mon père n'aurait pas attendu des semaines avant d'acheter de la poudre de ciment.

– Tu veux dire que ton père fait affaire avec des braconniers — on en a la preuve — sans être payé en retour ? Cela n'a aucun sens, dit Jérôme.

– Je sais. C'est incompréhensible. De plus, mon père sait que mes chances d'entrer à l'école de gestion de la faune sont nulles si on apprend que je suis mêlé à une histoire pareille. Comment a-t-il pu ? Je suis son fils unique. Tu sais ce que cela veut dire ici.

– C'est à n'y rien comprendre, dit Jérôme. Les griffes de lion ont beau constituer une preuve, je n'arrive pas à croire ton père coupable. Il devait avoir ses raisons. As-tu aperçu des gens en Mercedes chez toi ?

– Non. Il vient parfois des touristes en autocar nolisé, c'est tout. Le chauffeur leur désigne mon père et s'arrête pour leur permettre de l'interroger sur les animaux. Ils adorent ça et lui, ça lui fait du bien.

– Il doit pourtant y avoir une raison à son comportement, dit Jérôme. Il faut qu'il y en ait une.

– Je l'espère, dit Peter. Je l'espère de tout mon coeur.

Chapitre 9

Le procès de Kyondo

Une semaine s'écoula. Ce matin-là, Jérôme et Peter se préparaient pour aller assister au procès de Kyondo.

– Dépêchez-vous, tous les deux ! cria Louis. Nous allons être en retard.

– J'ai des papillons dans l'estomac, dit Jérôme. Pas toi ?

– Et comment ! répondit Peter en nouant ses lacets de chaussures. En un sens, je voudrais que le procès soit déjà terminé. Sauf que mon père serait probablement en prison à l'heure qu'il est.

– En tout cas, c'est aujourd'hui que s'éclaircira toute l'affaire, dit Jérôme en essayant d'ajuster son noeud de cravate. Je ne vois toujours pas pourquoi Louis tient absolument à nous faire porter ces machins-là! Il n'est pas encore neuf heures et j'ai déjà le cou tout mouillé!

– Il faut faire bonne impression, paraît-il. Sur ce point, ton frère a sans doute raison.

– Pourquoi ne nous a-t-il rien dit du procès? Il doit pourtant être au courant de tout.

– C'est une question de procédure juridique, je crois. Tu sais, continua Peter, je me soucie terriblement de mon père. J'espère qu'il ne m'en voudra pas de ne pas lui avoir rendu visite depuis son arrestation.

– Ce n'est pas ta faute, on ne t'a pas permis de le voir.

– Je sais, mais tu connais nos coutumes, poursuivit Peter en essuyant la sueur sur son front. Chez nous, rien ne peut excuser quelqu'un de laisser tomber ses proches.

– Ce doit être terrible pour ta famille, ces temps-ci. Tes cousins seront-ils au procès?

– Non, cela humilierait mon père. Mieux vaut qu'ils ne viennent pas.

Jérôme entoura de son bras les épaules de son ami.

– Viens, dit-il, c'est l'heure de partir.

– Installez-vous dans la salle du tribunal, dit Louis en pénétrant dans le palais de justice avec les deux garçons. Je vous rejoins tout à l'heure. J'ai encore de la paperasse à terminer au sujet des types impliqués dans l'accident de voiture.

L'immeuble de la Cour comportait, outre des bureaux, une grande salle réservée aux séances du tribunal. Assis sur un banc de bois poli par des années d'usage, Jérôme et Peter détaillèrent le mobilier : la table du juge au fond, dressée sur une plate-forme poussiéreuse ; de part et d'autre, les tables du procureur et de l'avocat de la défense — pour les rares cas où l'inculpé avait les moyens de retenir les services d'un avocat ; le box des accusés, petit compartiment ceinturé d'une barre d'appui en bois sculpté ; à gauche du juge, la barre des témoins. Trônait enfin, au milieu du mur, une photographie du chef de l'État.

« Une bonne couche de peinture, voilà ce qui manque ici », se dit Jérôme en considérant les murs sales dont le blanc original se devinait à peine. Seuls dans la pièce, Peter et lui ne se parlaient pas. Jérôme ne savait pas quoi dire et Peter paraissait très absorbé par la contemplation du sol de béton.

Au bout de quelques minutes, un homme en uniforme kaki à boutons dorés déposa des documents sur la table du magistrat avant de se mettre à l'attention près de la plate-forme.

– Ce doit être le greffier, dit Peter. La séance va commencer. N'oublie pas de te lever à l'arrivée du juge.

Une porte en bois ornée des armoiries nationales craqua, ouvrant le passage au juge. Court, vêtu d'un complet gris, celui-ci s'avança à petits pas. Aussitôt installé dans son fauteuil, il pria le greffier d'entamer la procédure relative à la première cause de la journée. Un homme était accusé d'avoir volé de la viande à l'étal d'un boucher sur la place du marché. Il s'était fait administrer une raclée par les témoins. « Le pauvre, se dit Jérôme, il devait être au désespoir pour tenter une chose pareille au marché, où n'importe qui pouvait le voir ou le battre. Il a l'air à moitié mort de faim. Encore une victime de la sécheresse, sans doute. Au moins, on lui donnera à manger pendant les quinze jours qu'il passera en prison ! »

Suivait la cause du chauffeur de taxi qui avait laissé monter cinq passagers en trop. Celui-là même qui avait versé avec Peter et les griffes de lion à son bord. L'accusé ne semblait pas particulièrement troublé, ni par la situation ni par l'amende qu'on lui infligerait. Il avait tout l'air d'y être habitué, comme l'étaient beaucoup de ses confrères.

Jérôme consulta sa montre et chuchota à l'oreille de Peter :

– Si ça continue, la cause de ton père sera reportée à cet après-midi.

Kyondo entra enfin dans la salle du tribunal. Jérôme tressaillit à la vue de ce vieillard à l'échine courbée qui traînait les pieds dans son uniforme bleu délavé de prisonnier. Qu'était devenu le Kyondo droit et fier qu'il connaissait ? En prenant place dans le box des accusés, l'ancien gardien jeta un coup d'oeil en direction des spectateurs. Il avait le regard complètement vide.

Jérôme donna un coup de coude à Peter.

– Pourquoi fait-il comme si nous n'étions pas là ?

– Parce qu'il a honte, probablement, et qu'il ne sait pas quoi faire.

Le magistrat regarda Kyondo sévèrement.

– Vous êtes accusé de braconnage. Plaidez-vous coupable ou non coupable ?

Kyondo leva les yeux vers le juge.

– Votre Honneur, je suis coupable. Je le reconnais.

– Le crime que vous avez commis est d'autant plus grave, vous en conviendrez, que vous étiez autrefois gardien, responsable vous-même de la protection des animaux sauvages et de l'arrestation des braconniers. Qu'avez-vous à dire pour votre défense ?

Kyondo regarda Peter un instant.

– J'ai été obligé de me conduire comme je l'ai fait. Je n'ai pas eu le choix.

– Vous n'avez pas eu le choix ? interrogea le juge. Expliquez-vous.

Le prisonnier hésita avant de poursuivre.

– Je ne voulais pas qu'il arrive malheur à mon fils.

– Qu'est-ce que votre fils a à voir làdedans ? demanda le juge en feuilletant ses documents. Le rapport de police indique seulement qu'il a été trouvé en possession de griffes de lion.

– Ils ont dit qu'ils se vengeraient sur mon fils si je refusais de coopérer, dit Kyondo.

– Qui ça, « ils » ?

Le procureur, demeuré silencieux jusque-là, se leva.

– Votre Honneur, je voudrais informer la cour que les individus auxquels l'accusé fait allusion ont été arrêtés.

– Merci, répondit le magistrat en se retournant vers Kyondo. Si vous redoutiez un attentat à la vie de votre fils, pourquoi n'avez-vous pas averti la police ?

– Parce que... les types m'ont dit qu'ils le tueraient si je les dénonçais, répondit Kyondo en serrant la barre d'appui.

Peter se leva de son siège. Aussitôt, Jérôme le prit fermement par le bras pour le faire rasseoir.

– En votre qualité d'ancien gardien, vous devriez pourtant savoir que la police est là pour vous protéger, continua le juge d'une voix plus douce.

– Votre Honneur, qu'est-ce que la police aurait pu faire ? dit Kyondo. Les agents sont trop peu nombreux et sont débordés, je le sais bien. Le poste est à trente kilomètres de mon village. Que peuvent faire deux agents de police à bicyclette contre des hommes en voiture ?

Le procureur se leva de nouveau.

– Votre Honneur, dit-il, je crois en effet
que la police n'aurait pratiquement rien
pu faire pour venir en aide à l'accusé.

Le juge essuya ses lunettes sans mot
dire, puis demanda à Kyondo :

– Avez-vous quelque chosc à dire avant
que la sentence soit rendue ?

– Oui, répondit le vieil homme.
J'aimerais que l'intendant en chef du parc
prenne la parole pour expliquer au tribunal que j'ai toujours fait mon devoir le
plus loyalement et le plus consciencieuse-
ment possible.

– Très bien. Faites entrer l'intendant, dit
le juge au greffier.

Abdu se présenta à la barre des témoins.

– Connaissez-vous l'accusé ?

– Oui, Votre Honneur, répondit Abdu
en regardant le juge droit dans les yeux.

– Depuis combien de temps ?

– Depuis mon enfance, mais surtout
depuis mon entrée au service de la faune,
où il a travaillé sous mes ordres. Kyondo
était un gardien capable et honnête. Il s'est
beaucoup dévoué pour le parc, et le
service était fier de lui.

Abdu continua de parler, lentement, en
pesant bien ses mots. Quand il eut fini, il

alla s'asseoir à côté de Jérôme. La sueur perlait sur son front. «Comme ce doit être pénible pour lui, songea Jérôme. Lui qui fait confiance à Kyondo depuis si longtemps!»

Le juge interrogea Kyondo encore plusieurs minutes, après quoi il annonça, mains plaquées sur la table, que la séance était ajournée jusqu'à l'après-midi.

Peter se tourna vers Jérôme.

– Mon père a fait tout ça pour moi! Mais pourquoi ne m'en a-t-il rien dit?

Ce fut Abdu qui répondit:

– Parce qu'il ne voulait pas t'inquiéter, Peter. Il se croyait forcé de jouer le jeu des braconniers. Ceux-ci n'étaient pas trop exigeants au début et ton père a cru pouvoir se débarrasser d'eux en quelques jours. Malheureusement, les choses n'en sont pas restées là. Ils ont continué de menacer de te tuer.

– Pourquoi ne m'a-t-il rien dit? murmura Peter. Pourquoi?

Louis avait du travail à faire pendant la pause, mais Abdu était libre. Avec Peter et Jérôme, il s'assit sur les marches du palais de justice pour manger des cacahuètes grillées qu'un marchand ambulant leur avait versées dans des cônes de papier journal. Le jeune vendeur était vêtu d'un short orange usé à la corde et d'un tricot gris en lambeaux. En réponse aux questions d'Abdu, il expliqua qu'il logeait chez son oncle et travaillait pour lui, mais qu'il venait d'un village situé à plusieurs centaines de kilomètres. Jérôme écoutait la conversation, admirant Abdu pour le respect que ce dernier savait toujours témoigner aux autres, jeunes ou vieux. Distraitement, il se versa des cacahuètes dans le creux de la main. Aujourd'hui, sa collation ne lui disait rien.

Abdu fit signe à une femme assise à l'ombre d'un grand bananier. Elle tira trois grosses noix de coco d'un panier tressé qu'elle tenait près d'elle, les secoua l'une après l'autre contre son oreille et les déposa sur l'herbe. Puis, elle se mit en frais de les préparer. Avec un vieux couteau, elle gratta le dessus du brou, l'enveloppe verte très dure de la noix. Dans la coque fibreuse qui se trouvait à l'intérieur, elle découpa une calotte et la retira, révélant la chair blanche et le lait.

Après avoir sculpté une cuiller dans le brou, elle tendit le tout à Abdu. Bientôt, chacun dégustait l'intérieur doux et frais de sa noix de coco. Personne ne parlait.

Revenus dans la salle du tribunal pour le prononcé de la sentence, tous trois écoutèrent le juge résumer la cause à l'adresse de Kyondo :

— Vous vous êtes rendu coupable d'un grave méfait en collaborant activement à une opération de braconnage. Ces activités sont défendues par la loi. Beaucoup d'espèces sauvages sont menacées de disparition à cause de gens comme vous. Sachez que les animaux font partie de notre extraordinaire patrimoine national et que tous les citoyens ont le devoir de les protéger pour les générations à venir ; tous ont l'obligation de respecter la loi. En revanche, vous avez toujours joui d'une excellente réputation. Beaucoup de braconniers ont été traduits en justice grâce à votre travail. J'estime par ailleurs que vous avez commis une grossière erreur de jugement en omettant d'informer les autorités des menaces qui pesaient sur la vie de votre fils. Je comprends cependant les motifs de votre décision. Nos effectifs policiers sont très insuffisants, surtout hors des grandes villes. Enfin, je suis d'avis que vous avez succombé à la crainte de perdre votre fils, et non à l'appât du gain. Comme vous le savez, la peine maximale pour braconnage s'élève à quinze ans de prison.

– Quinze ans ! murmura Peter en se prenant la tête dans les mains.

– Chut ! fit Jérôme en serrant le bras de son ami. Il n'a pas fini, écoute !

– Bref, conclut le juge, au vu des circonstances atténuantes précitées et de votre bonne conduite passée, je vous condamne à une amende de mille cinq cent shillings ou, à défaut, à six mois de prison. Optez-vous pour l'amende ou pour la prison ?

– Votre Honneur, je n'ai pas les moyens de payer l'amende, répondit Kyondo. J'irai en prison.

– Très bien, dit le magistrat. Emmenez le prisonnier.

L'homme en uniforme kaki prit Kyondo par le coude. Pour la première fois depuis le matin, Kyondo se tenait droit et digne. Il passa devant Abdu et lui dit en regardant Jérôme et Peter :

– Prends soin de mes fils.

– Je te le promets, dit Abdu. Mais nous pourrons bientôt causer un peu. Nous te rendrons visite dans environ une demi-heure.

Jérôme surprit des larmes dans les yeux de Peter.

– Mon père va faire de la prison à cause de moi!

– Mais non, pas à cause de toi, dit Jérôme en le prenant par les épaules. Parce qu'il s'est trompé. Parce qu'il a braconné.

– Écoute, Peter, dit Abdu. Je connais ton père depuis bien avant ta naissance. Je suis sûr qu'à ses yeux, justice a été faite aujourd'hui. Si le juge l'avait innocenté, il se serait senti coupable pour le reste de ses jours. Les hommes comme lui préfèrent payer pour leurs erreurs. Six mois, cela paraît long, mais ça va passer.

– C'est une éternité, soupira Peter.

– Ça va passer, crois-moi.

– Louis, dit Jérôme en hésitant, si je demandais à papa de m'envoyer toutes mes économies pour payer une partie de l'amende de Kyondo, serait-il libéré plus tôt?

– J'ai bien peur que non, répondit son frère. Il faut acquitter la somme au complet.

– Alors il n'y a rien à faire pour le moment. Sauf peut-être... préparer son retour à la maison !

– Comment ? demanda Peter.

– Louis, est-ce que je peux passer quelque temps chez Peter ?

– Certainement. Je n'y vois plus d'inconvénient. D'ailleurs tu es assez grand pour te débrouiller.

– Bon, très bien, fit Jérôme, soulagé de constater le changement d'attitude de son frère. Figure-toi que nous avons une maison à construire, Peter et moi.

Chapitre 10

La délivrance

– **Il** y a une semaine aujourd'hui que je suis arrivé chez toi, déclara Jérôme en versant du ciment dans une énième rangée de moules en bois.

– Oui, fit Peter doucement. Mon père a passé sept jours en prison. Plus que cinq mois et trois semaines avant son retour.

– Il te manque beaucoup, n'est-ce pas ?

– Terriblement. Je voudrais bien pouvoir payer son amende, mais je ne vois pas comment.

– Nous pourrions peut-être chercher du travail tous les deux ?

– Il n'y a pas d'emplois dans la région. La plupart des gens embauchent leurs proches ; ça leur coûte moins cher, et l'argent reste dans la famille.

– Il faudra trouver autre chose, alors... C'est drôle, Louis n'est même pas venu voir ce qu'on devient.

– Tu lui reproches toujours de te sur-protéger et maintenant qu'il te laisse tranquille, tu te plains !

– J'aimerais qu'il nous emmène en ville acheter de la bouffe, c'est tout. On mange bien chez toi, mais j'aimerais varier un peu le menu.

– Je te comprends. De quoi as-tu envie ?

– D'un hamburger !

Peter sourit.

– Tu ne trouveras pas de hamburger en ville.

– Je sais, dit Jérôme en lissant le ciment mouillé avec une planchette.

Il se redressa pour s'étirer. Décidément, c'était dur de rester penché des heures durant sur ces moules à briques.

– Faisons la pause après ce lot-ci, dit Peter. Nous finirons le mur de la chambre quand il fera plus frais.

– Tu ne trouves pas qu'il fait humide aujourd'hui ? demanda Jérôme. Il me semble qu'il y a de l'orage dans l'air.

– Sauf que ce n'est pas la saison des pluies, fit remarquer Peter.

– C'est vrai, mais regarde là-bas à l'horizon : ça m'a tout l'air de nuages de pluie.

Ce soir-là, assis sur le perron, les deux amis admiraient tranquillement le crépuscule violacé. La boule d'or du soleil couchant dardait ses derniers rayons sur les nuages sombres qui se bousculaient au-dessus des collines.

– Saison des pluies ou pas, je te gage qu'il va pleuvoir, dit Jérôme.

– Je ne demande pas mieux, dit Peter. Nous en avons tellement besoin !

– Tu sais, reprit Jérôme en changeant de sujet, c'est exténuant de bâtir une maison, mais je t'avouerai que je suis fier, le soir, d'admirer nos nouvelles rangées de briques.

– En tout cas, tu m'as donné un sacré coup de main. Dommage que tu repartes si vite pour le Canada.

– Il me reste quand même deux semaines. Et puis, j'ai l'intention de me trouver du travail à temps partiel et de revenir te voir tous les étés, même quand Louis aura terminé son contrat.

– Ce serait chouette, dit Peter.

– Je vais faire tout mon possible pour y arriver. Tiens, voilà une jeep du parc sur la route. Allons à sa rencontre.

– Louis! s'exclama Jérôme quand son frère se fût arrêté devant la maison. Où es-tu resté caché si longtemps?

– Salut les gars! dit Louis. Alors, mon petit frère s'est ennuyé de moi? Comment ça va?

– Très bien, dit Jérôme, mais il faut que tu nous emmènes en ville faire l'épicerie.

– Demain alors. Il est trop tard maintenant.

– D'accord. Nous allions prendre une bouchée, veux-tu manger avec nous?

– Certainement, je meurs de faim!

Ils s'installèrent tous les trois dehors sur les marches devant un souper de sauce au poulet accompagnée de riz et de salade.

– Qu'est-ce que tu fabriques ces temps-ci? demanda Jérôme à son frère.

– J'ai passé les trois derniers jours à la cour.

– Pour le procès des braconniers? demanda Peter.

– Oui. Ton père nous a rendu bien service. Il nous a fourni des preuves solides.

– Raconte, dit Jérôme.

– Les types ont plaidé non coupables, si bien qu'il revenait au procureur de prouver les accusations. Et comme l'avocat de la défense était très habile, ils auraient eu une chance d'être acquittés, n'eût été du témoignage de Kyondo.

– Kyondo sera-t-il libéré plus tôt pour avoir aidé le procureur ? demanda Jérôme.

– Non, les choses ne fonctionnent pas comme ça. Contrairement au système canadien, où les peines sont abrégées en cas de bonne conduite, ici elles sont toujours purgées en entier.

– Et les braconniers ? Ont-ils été condamnés ?

– Tous les deux à quinze ans ! On ne les reverra pas de sitôt dans les parages.

– Très bien, dit Peter. Ils n'ont eu que ce qu'ils méritaient. N'empêche que si mon père avait pu se payer un avocat lui aussi, il ne croupirait pas en prison.

Louis passa son bras autour de l'épaule de Peter.

– J'ai parlé plusieurs fois à ton père. Il va bien, ne t'inquiète pas. J'essaie de m'arranger pour que tu puisses le voir bientôt. En tout cas, le progrès de votre travail lui fera bien plaisir.

Louis se tourna vers son frère.

– J'ai parlé à papa et maman au téléphone l'autre jour et leur ai tout raconté. Ils étaient bien soulagés d'apprendre que tu étais sain et sauf.

– Ce sont eux qui ont téléphoné ?

– Non, c'est moi. J'avais des choses à leur demander.

Lorsque Louis se leva pour partir, Jérôme lui rappela :

– N'oublie pas de passer nous prendre demain.

Jérôme dormit très mal cette nuit-là tant l'air était humide et lourd. Se dressant soudain sur sa natte, il regarda sa montre : cinq heures du matin. De l'obscurité surgissaient de grands fracas mêlés de grondements sourds, comme avant un orage. Pourtant, il n'y avait jamais de tonnerre ni d'éclairs à cette époque-ci de l'année. Alors, c'était une fusillade ! Les

rebelles avaient progressé jusqu'au sud !
Ou bien c'était une révolution !

Jérôme secoua son ami par l'épaule.

– Peter ! Peter ! Réveille-toi !

– Qu'est-ce qu'il y a ? fit Peter en
s'assoyant.

– Écoute ! Écoute ce bruit !

– On dirait un orage, mais... Allons voir.

Peter ouvrit la fenêtre. L'horizon était
zébré par les éclairs. Au loin, des
languettes de feu dansaient sur les
collines.

– Je n'arrive pas à y croire, dit Peter. Un
orage en cette saison !

– Ce n'est peut-être pas un véritable
orage. Si les feux se sont allumés, c'est
qu'il ne pleut pas.

– La pluie s'en vient. Regarde, les feux
s'apaisent déjà.

À l'approche de l'aube, les énormes
nuages noirs se profilaient plus distincte-
ment dans le ciel. Les deux garçons regar-
daient s'avancer le mur blanc de la pluie,
mais déjà les éclairs s'espaçaient, le
tonnerre diminuait.

– Pourvu qu'il continue de pleuvoir
jusqu'ici, dit Peter, l'air inquiet. Une pluie,
même une seule, nous aiderait.

– Quelle différence cela ferait-il ? dit Jérôme. Demain, tout sera redevenu aussi sec qu'avant.

– Non. Une bonne pluie suffit pour gonfler le cours des rivières pendant plusieurs jours, remplir les points d'eau et rafraîchir le sol.

– Allons nous habiller, dit Jérôme. Nous regarderons l'orage en déjeunant.

Ils allaient s'installer pour manger quand le ciel creva, comme rompu par une gigantesque cascade. Deux secondes plus tard, des torrents d'eau s'abattaient sur le toit : la pluie était arrivée.

– Je vais chercher des seaux et des bols, dit Peter. Le toit coule.

Les garçons disposèrent les récipients sous les filets d'eau qui traversaient le chaume, puis se réfugièrent dans la cuisine. Jérôme, qui avait trouvé le gruau si bon la semaine précédente, s'en serait bien passé aujourd'hui ; il aurait préféré des flocons de maïs.

De longs et joyeux coups de klaxon dans l'allée les firent tout à coup sursauter.

– Ce doit être Louis, dit Jérôme. Mais qu'est-ce qu'il a à klaxonner comme ça ?

Les deux amis sortirent sur la galerie.

– Mon père ! cria Peter en dévalant l'escalier.

Kyondo ouvrit les bras. Les refermant tout ensemble sur Peter et Jérôme, il goûta un moment la pluie sur son visage.

– Venez, dit-il enfin, mettons-nous à l'abri.

Ils s'arrêtèrent un instant tous les quatre sur le perron pour admirer le spectacle.

– Le ciel est avec nous aujourd'hui, dit Kyondo.

– Papa, dit Peter, je suis si heureux ! Mais comment se fait-il que tu sois revenu ?

– Louis m'a prêté l'argent de l'amende. C'est grâce à lui que je suis sorti, répondit Kyondo en serrant la main du jeune homme.

– Voilà pourquoi tu parlais de revenir bientôt, dit Jérôme à son frère. Tu avais tout planifié !

– Oui, mais je préférais ne pas vous en parler tout de suite. Nous aurions pu avoir des pépins.

Kyondo et Peter allèrent ensuite rejoindre le reste de la famille, tandis que Jérôme et Louis continuaient à bavarder dehors.

– Mais où as-tu trouvé tout cet argent ? s'informa Jérôme.

– J'ai demandé à papa de le retirer de mon compte d'épargne et de me le télégraphier.

– C'est pour ça que tu as téléphoné à la maison l'autre jour ?

– Oui.

– Toi qui voulais t'acheter une voiture en rentrant au Canada !

– Je prendrai l'autobus quelques mois de plus, c'est tout. Kyondo est honnête, il me rendra l'argent. D'ailleurs c'est toi, tu sais, qui m'as donné cette idée en parlant de tes économies, l'autre jour.

– Je ne savais même pas que tu m'avais entendu ! s'exclama Jérôme.

Louis se leva.

– Bon, si vous êtes prêts tous les deux, je vous emmène en ville.

Le trio prit la route.

– Là-bas, des éléphants ! s'écria Peter.

– C'est bon signe, dit Louis. Il y a longtemps que j'en ai vu dans la région.

Comme la jeep s'arrêtait pour laisser passer le troupeau, un jeune mâle fit semblant de charger.

– Regardez! s'exclama Jérôme. C'est le numéro 706, celui que nous avons sauvé, Abdu et moi!

– Il a l'air bien rétabli, dit Louis en faisant marche arrière.

– Tu sais, quelque chose me tracasse encore, Louis. Est-ce Kyondo qui a blessé 706? J'ai reconnu les marques sur la pointe de flèche qu'Abdu a trouvée dans la plaie.

– Non. En fait, Kyondo est resté en marge de toute l'opération. Comme ils se méfiaient de lui, les braconniers confiaient toutes leurs sales besognes à d'autres. Ils sont allés jusqu'à faire abattre les animaux avec l'arc et les flèches de Kyondo pour que le blâme retombe éventuellement sur lui.

– Kyondo n'est pas impliqué alors?

– Seulement dans la mesure où il a été contraint de collaborer avec les braconniers. Il leur a permis, par exemple, de tenir leurs réunions au village et d'y cacher des peaux en attendant qu'elles soient livrées en ville.

– Le crépitement que j'ai entendu dans l'allée la première nuit, c'était la voiture des braconniers qui venaient chercher de la marchandise?

– Oui. Ceux-là même d'ailleurs que nous avons arrêtés le lendemain matin sur les lieux de l'accident.

Parvenus en ville, ils roulaient maintenant sur la rue principale.

– Nous y voici, dit Louis. Où est-ce que je vous dépose en premier ?

– Au casse-croûte, dit Jérôme.

– D'accord. Je vous quitte pour une demi-heure.

Un jeune garçon aborda les deux amis sur le vieux perron du restaurant. Il avait le ventre gonflé et les cheveux rougeâtres des enfants qui ne mangent pas à leur faim.

– S'il vous plaît, voulez-vous me l'acheter ? demanda-t-il en entrouvrant son panier de paille pour montrer un dik-dik à Jérôme.

Le petit animal était figé de terreur.

– Mais il va mourir de peur, s'écria Jérôme en colère. Pourquoi l'as-tu enlevé à sa mère ?

Le garçon recula d'un pas, fermant le panier.

– Nous n'avons pas d'argent. Rien à manger.

– Ce n'est pas une raison pour faire du mal à cette petite bête !

– Jérôme, laisse le pauvre garçon tranquille, dit Peter. Tu ne connais rien à sa situation.

– Non, mais je connais bien celle du dik-dik !

– Écoute, je vais l'acheter, dit Peter en sortant de la monnaie de sa poche. Ça fera un compagnon pour Nibbles.

– Fais promettre à ce gosse qu'il ne recommencera plus jamais !

– Jérôme, il va promettre tout ce que tu veux. Cela ne l'empêchera pas de vendre un autre dik-dik demain. Il a besoin d'argent, comprends-tu ?

Peter s'adressa en dialecte au petit garçon, qui hocha docilement la tête en l'écoutant, son visage s'éclairant à la vue des pièces de monnaie. « Peter a peut-être raison, se dit Jérôme, je ne connais rien de ses difficultés. »

Minuscule, le dik-dik tenait tout entier dans la paume de Jérôme qui essaya de lui faire boire un peu d'eau.

– D'après toi, quelles sont ses chances de survie, Peter ?

– Pas très bonnes. Il est trop jeune pour se passer de sa mère.

– Comment peut-on faire une chose pareille ? reprit Jérôme avec colère.

– Le gamin est pauvre ! Tu as vu comme il était content de recevoir de l'argent ? Eh bien, il n'a pas là de quoi acheter une orangeade et trois biscuits.

– Il faut pourtant que les gens cessent d'abuser des animaux, dit Jérôme.

– D'accord, mais qu'est-ce que nous pouvons y faire ?

– Convaincre tout le monde de les protéger !

– Tu as raison. Autrement, comme tu le disais l'autre jour, les touristes ne viendront plus et des tas d'emplois seront perdus, même ceux de gardiens de la faune. Finalement, il n'y aura même plus de travail pour moi !

– Et les animaux, alors ? Ils risquent de disparaître à tout jamais ! s'écria Jérôme. Tu imagines la Terre sans lions, sans éléphants, sans zèbres ?

– Oh ! regarde, il bouge, dit Jérôme en sentant le petit dik-dik remuer dans sa main. Il va peut-être s'en tirer après tout.

Louis fit soudain irruption près d'eux.